기
-2-

이강민 소설집

기 -2-

인　　쇄 | 2023년 4월 3일
발　　행 | 2023년 4월 6일

글 쓴 이 | 이강민
펴 낸 이 | 장호병
펴 낸 곳 | **북랜드**
　　　　06252 서울 강남구 강남대로 320, 1108호(황화빌딩)
　　　　41965 대구 중구 명륜로12길 64(남산동)
　　　　전화 (02) 732-4574 | (053) 252-9114
　　　　팩스 (02) 734-4574 | (053) 252-9334
등 록 일 | 2000년 11월 13일
등록번호 | 제2014-000015호
홈페이지 | www.bookland.co.kr
이 - 메일 | bookland@hanmail.net

책임편집 | 김인옥
교　　열 | 배성숙 전은경

ⓒ 이강민, 2023, Printed in Korea
저자와의 협의하에 인지를 생략합니다.

ISBN 979-11-92613-45-1　03810
　　　979-11-92613-46-8　05810 (e-book)

값 10,000원

기
~2~

이강민 소설집

북랜드

| 책을 내며 |

『기』 2편을 내게 되어 정말 기쁩니다.
결혼을 하고 쓴 소설이라 애착이 많이 갑니다.
제 소설을 사랑해주시는 분들께 이 책을 드립니다.
다음 작품이 나올 때까지 꼭 함께해 주십시오.
감사합니다.

2023년
이강인

| 차례 |

책을 내며_5

3부

진리의 마음
진리의 마음_10
두부_30

새벽
새벽_40
모순_56

사진
지구의사당_61
사진_71

네버다
참외_75
네버다_80

4부

기후
기후_96
뿌리_109

진주
진주 2_115
그영이의 임신_130

과제
와영이의 귀중한 자료_134
입양_145
진리의 사랑_152

칼국수
칼국수_156

연결
연결_162
와영이의 연주_172

3부

진리의 마음

진리의 마음

기도

이제는 영영 떠나간 당신께 밤마다 써왔던 사랑의 일기를
하얀 꽃 연기꽃 실어 뿌려서 이 마음 나의 기도를 드려요.

아아 불꽃같이 타오르는 뼈아픈 추억이
아아 연기 속에 사라지는 아쉬운 사연에
눈물을 참으려 참으려 눈을 감아도 내 마음 깊은 곳 서러움에 젖어요.

타오르는 불꽃 남겨진 재 속에 밤마다 써왔던 사랑의 일기를
하염없는 연기꽃 시련꽃 뿌려서 이 마음 나의 기도를 드려요.

"아기야, 아빠가 흔들 장난감을 흔들어 줄게. 딸랑딸랑 소리가 나네요."

사랑이는 아기에게 딸랑딸랑 장남감을 흔들어 주었다.

"오빠, 아기 우유 좀 타 봐."

"우유? 알았어 어떻게 타지?"

"오빠 일단 포트기에 물을 타서 전원을 눌러."

진리는 욕실에서 기저귀를 빨고 있었다.

"오빠 일단은 미지근하게 끓여. 생수를 끓이는 거라서 물의 온도를 너무 올리지 않아도 돼."

'뭐랄까나 분유가 알아서 배합이 되겠지.'

"진리야, 뭐라고?"

'아기 키울 때는 다 그렇지.'

"진리야, 분유는 몇 스푼 넣어야 돼?"

'그러니까 고생 바가지지.'

사랑이는 진리가 무슨 말을 하는지 도무지 알 수가 없었다. 키재기를 하듯 사랑이의 손이 분유병과 젖병으로 열심히 왔다 갔다 하였다.

진리는 기저귀를 손으로 가볍게 짜기 시작했다. 기저귀를 건조대에 하나씩 널어 보았다. 조금은 깨끗해 보였다. 미루는 빨래는 금물인 것 같았다. 진리는 사랑이 오빠에게 다가갔다.

"여보, 이게 뭐예요?"

진리는 분유를 두 스푼 더 타곤 꼭지를 잠그고 분유병을 흔들어 보았다. 사랑이는 진리의 여보란 말에 섬뜩 놀랐다.

"진리야, 가르쳐 줘야지."

사랑이는 시무룩하였다. 진리는 우유가 좀 식도록 밥상위에다 잠시 얹어 놓기로 하였다.

"오빠가 미스 나는 부분이 있구나. 처음에는 다 그렇게 생각해. 어렵게."

"아니야 진리야 난 자심감을 가지려 노력을 해. 여보~."

진리는 듣는 둥 마는 둥 빗자루를 가지러 갔다. 진리는 화성에서 오빠와의 생활이 행복하였다.

진리는 젖병을 들고선 아기에게 높낮이를 조절하며 아기 입에다 가져가 꼭지를 물렸다.

사랑이는 보고만 있었다.

"오빠 아기가 크면 어떡할 거야."

"그야 놀러도 가고 맛있는 것도 사 주고."

"아기가 잘 먹네."

진리는 손수건으로 입가를 닦아주고 있었다.

"오빠, 라디오를 좀 켜줄래."

사랑이는 3단 행거의 두 번째 칸 라디오가 있는 곳에서 전선을 꽂고선 라디오를 켰다.

"오빠, 다음에는 분유를 탈 때 좀 진하게 탔으면 좋겠어. 물을 조금 덜 부어도 될 것 같애."

"어."

진리는 아기의 손을 닦곤 남겨진 젖병을 밥상 위에다 놓아 두었다. 분유를 타서 먹이는 데는 시간이 있었다. 진리는 방을 쓸기 시작했다. 사랑이는 음악을 듣고 있었다. 진리는 쓸다가 나온 먼지들을 담기 시작했다.

"오빠, 밖에 우편물이 왔는지 봐 줄래."

"어."

사랑이는 계단을 내려가 우편물을 찾았다. 그러곤 올라와 현관문을 열었다가 잠그곤 우편물을 진리에게 주었다.

"대부분 대출에 관한 우편물만 오는구나."

"오빠 돈을 아껴 써야 되겠어."

"어 진리야 돈을 하루 새 다 쓰면 안 되지."

진리는 사랑이 오빠에게 대출하는 심정으로 버텨 나가기로 하였다. 진리는 육아 일기를 적기로 하였다.

"오빠, 오빠 할머니에 대한 얘긴데 할머니는 오빠 어렸을 때 어땠어?"

"어. 할머니는 용돈도 주시고 내게 항상 가족을 강조하셨지. 그리고 말씀을 좀 아꼈었지. 내가 첫 직장 다닐 때 돌아가셨지. 그렇지만 난 할머니가 돌아가실 때 난 그곳에 없었어. 난 일을 하여야 되었어."

사랑이가 쓰레기봉투 묶어 놓은 것을 밖으로 버리려 하던 참이었다.

"오빠 나가는 김에 검은콩베지밀을 좀 사다 줘."

"어 알았어 진리야."

"와영아 와영이는 이다음에 마음 깊은 사람이 되어야 한다. 알았지."

진리는 아기에게 와영이라고 이름을 지어 주었다. 와영이는 새근새근 자고 있었다. 진리도 온돌방에서 잠시 눈을 붙이기로 하였다. 사랑이는 가게에 들러서 검은콩베지밀을 사 왔다. 또다시 캔커피를 마시려고 나가기로 하였다. 사랑이는 길가에 서서 주머니에서 담배와 라이터를 꺼내어 담배를 피웠다. 천천히 집으로 발걸음을 옮겼다. 사랑이가 아기와 함께 있다는 것이 실감이 나지 않았다. 사랑이는 진리가 잠깐 잠이 든 것을 보곤 옆에 따라 누웠다. 곧 졸려왔다.

진리는 어느덧 잠에서 깨었을까? 메모장에 메모를 하곤 냉장고 앞문에 주민센터에 잠시 들러 올 테니 아기를 잠시 봐 달라는 메모지를 냉장고에 붙였다.

오빠 아기 출생신고하여야 되니 아기가 울거나 보채면 우유를 주고 달래줘. 기저귀는 갈지 않아도 될 거야. 알았지 오빠.

진리는 주민센터에서 출생신고 서류를 적어 나가기 시작했다. 그러곤 딸 이름을 김와영이라고 출생 신고하였다.

지구에선 그영 씨의 딸이 무럭무럭 크고 있었다. 그영 씨는 돌이 지난 딸을 키우고 있었다. 혼자서 키우기란 쉽지가 않은 것 같았다. 부모님께서 함께 봐주시기도 하셨다. 첫째 딸은 어린이집에 다니고 있었다. 그영 씨는 군것질을 좋아하였다. 걷기운동도 좋아하였다. 오전에는 잠시 공원으로 산책을 가기도 하였다. 안식이 누나는 강이를 데리고 수원에 갔다가 오는 듯하였다. 강이가 아팠던 것 같았다. 안식이 누나는 사랑이가 간 이후로 소식을 전하지 않았다. 집에서 머무는 시간도 드문 듯하였다. 강이는 책상 밑을 좋아하였다.

우산

나의 슬픈 가슴에 비가 내릴 때 조용히 우산을 받쳐준 사람
빗물에 얼룩진 나의 두 볼을 고운 손길로 닦아준 사람

아직도 사랑의 체온 이렇게 내 가슴에 남아 있는데~
그대는 못다 한 행복을주고 쓸쓸히 빗속으로 사라졌어요.

아. 그대는 우산이었나
아. 그대는 우산이었나

내 인생에 자그마한 내 인생에 아름다운 우산이었나.

 진리는 수연시장에 들러 반찬을 샀다. 사랑이 오빠가 기다리지 싶어서 발걸음이 빨랐다.
 이슬비가 내릴 듯하였다. 잠시 후 이슬비를 맞으며 진리는 집으로 향했다. 나의 우산이 되어줄 그대가 있어 진리는 행복했다. 진리는 가까운 슈퍼에 들러 레쓰비 캔커피를 마셨다. 내 인생에 자그마한 내 인생에 아름다운 우산이 되어 주어서 고마웠다. 집에 거의 다 왔을 때는 비에 젖어 있었다.
 "오빠 나 왔어."

"어 진리야 왜 이리 젖었어?"

"비가 내리지 뭐야. 우산도 없이 가버렸네. 비가 오는 줄도 모르고."

"어서 들어와. 샤워를 해야 되겠다."

"오빠, 빨리 수건하고."

"어, 알았어."

진리는 욕실문을 잠그고 샤워하였다. 아기는 잠이 들어있었다.

진리는 샤워를 하곤 욕실을 나왔다.

"오빠 아기가 잠만 자."

"그런가 봐."

"오빠 보행기에서 내려 놓자."

진리는 작은 이불로 아기를 감싸며 온돌방에 내려놓았다.

"오빠 큰방으로 갈까?"

진리는 매트가 깔린 곳에 베개를 두고 아기를 눕혔다. 그러곤 기저귀를 갈았다. 아기가 그제서야 깬 듯 이리저리 몸을 움직였다.

"오빠 기저귀 대야에 담아둬. 물 좀 부어두고."

"어."

사랑이는 진리가 시키는 대로 하였다.

"진리야 배고프다."

"알았어. 근데 오빠가 챙겨 먹으면 안 될까?"

"그러지 뭐."

사랑이는 진리가 시키는 대로 밥을 챙겨서 밥상으로 가져왔다.

"오빠 반찬을 사 왔으니 반찬통에 좀 챙겨 봐요. 그리고 오빠도 반찬을 먹고."

사랑이는 반찬통을 찬장에서 꺼내 반찬을 반찬통에 담았다.
사랑이는 밥을 천천히 먹고 있었다.
"오빠 저녁에 무슨 국을 해 줄까?"
"글쎄 된장국."
"오빠는 된장국을 좋아하는 구나."
진리는 리모콘으로 텔레비전을 틀었다.
"오빠, 오빠가 된장국을 좋아하다 이별 연습하던 거 생각 나?"
"옛날 일이지."
"오빠, 오빠는 된장국이 그리 좋아?"
"좋고 말고."
"난 된장국이 좀 어설픈데."
"왜?"
"그냥."
"그럼 저녁에 된장국을 안 먹지."
"오빠, 그래도 되겠어?"
"어, 된장국은 나중에 먹지."
"오빠 고마워. 나 좀 누울게."
진리는 누워서 얼마 있지 않아 잠이 들었다. 아기가 보채는 것 같았다. 그리고 울음을 터트렸다.
"이거 어찌 해야 되나. 진리야 좀 일어나 봐."
"오빠 나 피곤해. 오빠가 어떻게 알아서 해봐."
"아기야 울지 마. 얼러리 까꿍."

"오빠 그러지 말고 우유를 갖다 줘."

"우유."

"어 밥상에 있어."

사랑이는 밥상에 있는 젖병을 가져다 아기에게 먹였다.

"콜록콜록."

아기가 기침하였다.

"오빠 아기를 일으켜서 우유를 먹여야지. 그리고 젖병 높낮이를 잘 보고."

"콜록콜록."

아기가 기침을 멈추지 않았다. 진리가 그제서야 물병을 들곤 천천히 아기에게 물을 먹였다.

"콜록콜록."

콜록거리다가 아기는 재채기를 하며 기침이 멈추는 듯하였다. 사랑이는 아기 키우는 게 만만치 않다는 걸 알게 되는 듯하였다.

저녁이 되었다. 진리는 사랑이 오빠가 사다준 베지밀두유를 한 병을 따 마셨다. 아기가 쌕쌕거리는 것 같았다. 물수건으로 닦아 주었다. 밤새 아기는 쌕쌕거렸다. 진리는 아기를 안아다 재우며 다급해졌다. 사랑이는 피곤해서 잠을 설쳐야만 하였다. 진리가 사랑이 오빠에게 발효우유를 사 오기를 권했다. 사랑이는 피곤해서 눈을 뜨지 못했다. 진리가 급한 나머지 편의점까지 가서 발효우유를 사 오기로 했다. 아기를 안고 진리는 편의점에서 발효우유를 사곤 젖병에다 간신히 담으려고 하는데 직원이 말한다.

"저 아기 이리 주세요. 제가 잠시 봐 드릴게요."

"예, 고맙습니다."

진리는 아기를 직원에게 잠시 맡긴 채 젖병에다 발효우유를 담았다. 꼭지를 잠그곤 아기에게 천천히 조금씩 먹였다.

"고맙습니다. 이제 괜찮은 것 같습니다. 계산은."

"예, 제가 어떻게 해볼게요. 괜찮으니까 아기를 내일 병원에 데려가든가 따뜻한 데 푹 재워야 되겠어요."

"네. 고맙습니다."

진리는 집으로 향했다. 그러곤 보일러를 잠시 돌렸다. 진리는 아기를 베개에다 조용히 눕히며 이불을 덮어 주었다. 사랑이 오빠가 그제서야 깨는 듯하였다. 아기는 새근새근 잠이 든 듯하였다. 진리는 잠시 눈을 붙였다. 그러곤 정신없이 자 버렸다. 아침이 되어 갑자기 깨어 버렸다.

"오빠, 아기 아기."

"잠이 들었는가 봐."

"오빠, 병원 가자."

"그래."

진리와 사랑이는 택시를 타고 병원으로 갔다. 병원에서 진찰을 받았다.

"다행입니다. 약을 좀 지었고 주사를 좀 줬습니다."

"네 선생님. 그런데 병명이 어떤 것인지."

"감기가 온 듯합니다. 따뜻하게 해주십시오."

"선생님, 감사합니다."

집으로 오던 중 사랑이는 말이 없었다. 진리는 미안한 마음으로 사랑이 오빠에게 말했다.

"미안해, 오빠."

그러곤 아기를 쓰다듬었다. 저녁이 되어 진리는 아기의 기저귀를 갈아 주었다. 사랑이 오빠는 화장실을 급하게 찾아갔다. 그런데 왠지 배가 아프고 설사가 나왔다. 아무래도 아기가 먹는 분유를 맛이나 보려던 차 한 컵을 먹은 탓인 듯하다. 배가 아파 커피 한 컵도 마셨다. 속이 몹시나 쓰려왔다. 사랑이는 머리가 아파왔다.

"오빠, 왜 그래?"

"아냐, 괜찮아."

사랑이는 아랫배가 슬쩍 아파오는 것을 간신히 참듯 화장실로 갔다.

"진리야, 화장지가 없어."

"어 요즘 아기 보느라 정신이 없네."

"그럼 어떡하나."

"오빠 비데를 사용해. 나중에 손을 씻으면 되지."

"어이구 이럴 수가. 내가 속았구나 진리의 속도 모르고."

"오빠 나도 똑같애. 오빠만 그런 게 아냐. 오늘 밖으로 볼일이 있으면 휴지를 사올게. 오늘은 그냥 넘어가기로 하자."

사랑이는 화장실을 왔다 갔다 반복하였다.

"오빠가 뭘 잘못 먹어서 그런가."

진리는 냉장고로 향했다. 그러곤 물을 마셨다.

"오빠는 설사를 하니 물을 마셔서는 안 돼. 알았지."

"그러게요. 말을 많이 시키네요."

사랑이는 몇 번의 화장실을 오고 가곤 드디어 탈진 상태에 빠졌다.

"진리야 물이 먹고 싶어."

진리는 오빠의 안색을 보며,

"오빠 안 그럼 내일 병원 가는 게 좋겠어."

"아니야 밥을 먹으면 나아질 거야. 밥맛도 당기지는 않지만."

"오빠 그럼 영양제라도 좀 먹어둬. 여기 물 조금만 마셔."

사랑이는 영양제를 물과 마셨다. 그러곤 탈진상태에서 그만 자리에 누워버렸다.

"오빠, 밥 먹어."

"진리야, 괜찮아질 거야."

사랑이는 일어나 냉장고로 향했다. 그러곤 마시고 싶을 만큼 물을 마셨다. 속이 내려가는 듯했다.

"오빠, 커피 마시면 나아지려나?"

사랑이는 냉장고의 김치를 꺼내어 김치조각을 먹어댔다. 시큼한 김치가 입맛을 돌게 했다. 사랑이는 또 배가 쓰려왔다.

화장실을 또 찾곤 냉장고의 물을 마셨다.

"오빠, 그냥 가만히 쉬면 나아질 거야."

사랑이는 상한 음식을 먹었는지 감을 잡을 수가 없었다. 그래서 물만 마셨다. 얼마 있지 않아 소변이 마려웠다. 설사는 그친 듯하였다. 배가 좀 나아지려는 듯하였다. 진리가 한마디 하였다.

"오빠가 요즘 굶어서 그래. 담배 피우고 아님 커피 마시고. 그러니까 오빠도 몸 관리는 잘해야 될 거야."

"어 진리야 이제 좀 괜찮은 것 같애."

"오빠 좀 누워 있어 괜찮아질 거야."

사랑이는 속이 괜찮아질 듯할 때 기분이 날아가는 것 같았다. 사랑이는 두 팔을 벌리며,

"진리야, 이리 와 보세요. 안아줄게."

"됐어. 이제 다 나은 듯하네."

진리는 아기를 돌보려 아기 곁으로 갔다. 아기는 땀띠가 나는 듯하였다. 베이비 로션을 발라 주었다. 얼마 있지 않아 욕실의 대야에 목욕물을 받아두었다.

"아기야 목욕하자."

진리는 따뜻한 물을 확인하고 아기를 욕실로 데려갔다. 비누를 손에 비벼서 거품을 내며 몸의 이리저리 문질러 주었다. 머리도 비누를 이용하여 가볍게 씻기며 아기의 목욕을 시켜 주었다. 얼굴은 씻기지 않으려는 모양이었다. 그렇게 진리는 씻겨주곤 타올로 아기의 물기를 천천히 닦아 주었다. 그러곤 드라이기로 아기의 몸을 말렸다. 아기는 좋아하는 듯하였다. 아기를 방에 데려다 눕혔다. 사랑이는 텔레비전을 보니 잠이 오는 듯하였다.

"진리야 산책을 나가면 안 될까?"

"오빠 아기 옷 좀 입히고."

진리는 아기의 옷을 입혔다. 그리고 티슈로 얼굴을 닦아 주었다. 모자를 눌러 씌어주곤 양발을 신겼다. 아기가 엄마의 입가에다 손을 가져다 대려고 노력하였다. 진리는 손을 쓰다듬듯 무는 척하며 아기와 놀아 주었다. 그리고 아파트 2층 계단을 사랑이와 내려왔다. 그

렇게 나들이를 처음 나왔다.

와영이도 어느덧 5개월이 다가왔다. 엄마가 말을 가르쳤다.
"와영아 엄마가 밥 줬어. 아이 이뻐 우리 딸 어디가 그렇게 좋을까?"
"엄마 등에 업힐까요. 엄마하고 빨래를 하러 가자. 빨랫감이 있네요. 언제 다 빨래를 다 할까요. 엄마가 금세 다 하지요. 비누가 있구요 세제도 있네요."
진리는 와영이가 사용하는 욕조의 대야에 빨랫감을 넣으며 하나씩 빨래를 하였다.
"엄마는 와영 씨가 있어서 기뻐요. 엄마가 빨래를 하네요. 아빠는 지금 뭐 하고 있을까요. 산책을 나갔을까요. 와영이는 나중에 산책을 나가면 되죠. 빨래를 빨고 빨래를 빨아요. 와영아 엄마 이름이 뭐예요. 엄마 이름은 김진리 우리 아버지께서 지어 주셨죠. 이다음에 커서 엄마처럼도 살아 보아요."
와영이는 엄마의 뒷머리를 만지작만지작 만졌다.
"오빠가 그러던데 와영이는 '영원히 와주세요'란 뜻으로 와영이라 이름을 지었대요."
"엉아."
"어 우리 엉아. 엄마는 지금 빨래를 하고 있어요. 와영이는 무얼 하고 있나요."
와영이는 듣는 듯 엄마의 머리를 만지듯 어느새 등에 기대어 버렸다.

"자 빨래가 다 되었네요. 빨래를 널어 볼까요."

낮부터 내린 비는 이 저녁 유리창에 이슬만 뿌려 놓고선.
밤이 되면 더욱 커지는 시계 소리처럼 내 마음을 흔들고 있네.

"여기에 하나 걸까요. 여기에다 하나 걸까요."
와영이는 어느덧 잠이 들어 버렸다.

이슬비 내리는 이른 아침에 우산 셋이 나란히 걸어 갑니다.
아빠 우산 엄마 우산 와영이 우산 좁다란 방문 길을 웃으면서 다정히 걸어 갑니다.

진리는 와영이를 베개를 두고 조용히 눕혀 놓았다. 그러곤 텔레비전을 조용히 틀었다.
"이제 와영이도 다섯 달이 되었구나."
그러곤 사랑이 오빠에게 전화를 걸어 보았다. 신호가 갔다. 그러나 사랑이 오빠는 전화를 받지 않았다. 진리는 조용히 와영이의 배를 토닥거렸다.
저녁이 되어서야 사랑이 오빠가 들어왔다.
"진리야, 어~ 내가 늦었구나."
"손 씻고 해요. 발도 씻고."
"어 슬슬 잠이 오네."
"오빠 배가 고프면 챙겨 먹고 해."

"어."

사랑이는 얼마 있지 않아 베란다로 갔다. 진리는 와영이를 토닥거리다 잠이 들고 말았다. 사랑이는 커피포트기에 물을 데웠다. 그리고 커피를 타다가 두었다. 진리는 잠이 들어선지 반응이 없는 듯하였다. 그러다가 사랑이가 외출복을 입은 채 진리 옆에서 같이 잠이 들어버렸다. 새벽이 되어서야 진리는 눈을 떴다. 아기를 보행기에 태우곤 우유를 주었다. 보행기도 어느덧 와영이에겐 작아 보인다.

와영이는 보행기에서 내려오고 싶어했다. 진리가 내려다 주었다. 와영이가 기어보기 시작하였다. 진리가 와영이를 보행기에 다시 태우며 젖병을 입에다 가져다주었다.

"와영아, 밥 먹고 놀아."

진리가 와영이의 심통을 건드리기 시작하였다.

"엄마는 와영이가 밥 먹고 놀기를 원해요. 알았지."

"엄마."

"왜."

"이러~."

"이거 아무것도 아냐. 밥이나 먹자."

"어~."

"알았어. 엄마가 먹을 거예요."

"아~."

"알았어. 여기."

와영이는 젖병을 되받으며 진리가 받쳐주는 분유를 그제서야 부지런히 먹었다. 그러곤 진리가 기저귀를 갈아 주었다.

 아침이 되어 진리는 와영이에게 발효우유를 먹였다. 오후에는 검은콩베지밀을 주었다. 분유도 때에 따라서 주었으며 점점 작아지는 보행기에서 놀아주기도 하고 잠도 같이 들었다. 한가한 시간에는 음악을 틀어 주었으며 라디오도 틀어 주었다.

 와영이는 기어다니는 것을 좋아하였다. 때론 뒤돌아 누웠다. 어느덧 진리와 함께한 지도 8개월 되던 날 옹알이가 많이 늘었다. 사랑이는 거의 잠을 자거나 산책을 좋아하였다. 그리고 드디어 와영이가 '아빠'라고 불렀다. 진리는 와영이가 어린이집 갈 날을 기다렸다.

 돌이 지나 2살이 되었다. 그제서야 진리는 안심하는 듯하였다. 사랑이는 전 과장님에게 전화를 하여 일자리를 얻은 듯하였다.

 진리는 지구의 10살 많은 그영이 언니에게 전화를 걸었다.

 "언니, 애들 잘 크고 있지?"

 "어, 너도?"

 "어 요즘은 아기가 잘 지내. 그리고 우리 딸 이름이 와영이야. 김와영."

 "어째 그렇게 이름을 지었어? 그리고 성이 왜 김씨야?"

 "어, 언니 내 성으로 주민센터에 출생 신고했어. 이와영이는 잘 있어?"

 "누구 닮았는지 고집이 세. 세상이 다 자기 건 줄 알아."

 "언니 아기 클 때는 다 그렇잖아."

 "아무튼 우리 엄마가 말 많은 고집쟁이를 꺾는다고 수고가 많으시거든."

"어머니 잘 계시죠?"

"어."

"어 언니 둘째는 몇 살이야?"

"세 살이야."

"어린이집 보내야 되겠네."

"어, 가까운 데 보내고 있어. 김와영이가 2살이면 너도 어린이집 보내야 되겠다."

"어 내년쯤에나 보내려고. 언니가 아니었다면 이렇게 행복하진 않았을 거야."

"그래 화성에 가서 고생이 많겠어."

"어. 난 화성이 좋아. 잘 지내 언니."

"어 너도."

진리는 엄마에게도 전화를 하였다.

"엄마."

"이게 누구세요."

"나야 엄마. 김진리."

"그렇게 속을 썩이더만 인제 전화를 하네."

"어 엄마 나 아기 낳았어. 이름이 김와영이야."

"그래 이름이 좋구나. 전화나 좀 하고 살자."

"어."

"그래 언제 한번 지구에 들르고."

"어."

진리는 언니, 동생에게도 전화를 걸어 소식을 전하였다. 저녁이 되어 아빠께서 전화를 하셨다.

"그래, 거기서 사니 좋으니?"

"할 수 없잖아요. 안 그럼 진짜 서러울지 몰랐으니까요."

"응 알았다. 그래도 건강한 것 같으니 다행이구나. 열심히 살어. 그리고 용기를 가져. 그러면 끊는다."

진리는 태연할 수 없었다. 눈물이 났다. 여기서의 생활이 썩 나쁘지 않다는 것만을 알고 싶었다. 아기는 생각보다 빨리 커 주었다. 아기는 벌써 영아기에 들어 일어설 수도 있었고 진리를 향해 달려오기도 하였다.

진리의 딸 진주도 어느덧 5살이 되었다. 진리는 진주가 잘 있는지 궁금하였다. 조금 있으면 초등학교에 들어갈 텐데. 진리는 눈물이 핑 돌았다. 가족에게 미안한 마음이 들었다.

와영이에게 우유를 주고 기저귀를 갈아 주었다. 사랑이 오빠는 저녁이 되어서야 집에 들어왔다. 돈을 벌어 와 진리와 와영이에게 아빠 노릇을 단단히 하여야만 하였다. 그런데 사랑이는 진리와 와영이에게 아빠 노릇을 소홀히 하는 듯하였다.

와영이는 가까운 어린이집에 다녔다. 진리가 매일 배웅해 주었으며 마칠 때도 항상 같이 있었다. 저녁에는 와영이를 씻기고 밥을 같이 먹었다. 사랑이는 밤이 되어서야 들어오곤 했다. 아빠의 월급날이었다. 그러나 사랑이는 또 밤이 늦어 들어왔다. 진리와 와영이는 초저녁에 일찍 잠을 자는 날이 많아졌다. 진리는 사랑이 오빠와 점점 멀어지는 것 같았다.

사랑이는 진리의 화장대에 월급을 놓아두곤 사 온 맥주 두 캔을 천천히 따 마셨다. 집에서는 점점 말이 없어져만 갔다. 아침이 되자 진리는 월급봉투를 챙겼다. 그리고 용돈 50만 원을 사랑이 통장으로 부쳐 주었고, 진리는 200만 원으로 한 달을 살아야 했다. 진리는 이런 일이 당연해야만 한다는 것을 알고 있었다. 와영이를 데리고 식당에 가서 처음으로 고기를 구워서 먹었다. 진리는 고기를 먹으면서 딸에게 고기 굽는 거랑 먹는 요령들을 가르쳤다. 와영이는 나이에 맞지 않게 그것을 잘 수용하였다. 진리는 사랑이 오빠에게 언제 한번 시간을 내어달라고 부탁해야만 하였다. 사랑이는 술이 늘어만 갔다. 다행인 것은 맥주만 마신다는 것이었다.

진리의 마음

두부

진리는 와영이 아빠에게 아침 식사를 차려 주었다. 두부구이를 해 주었다.

"오빠 그영이 언니에게 전화를 하였는데 잘 있는가 봐. 오빠가 언제 한번 그영이 언니에게 칼국수를 해준 적이 있었어?"

진리는 의심쩍게 물어 보았다.

"있었지. 있었구나."

진리는 말 없는 오빠에게 그럴 줄 알았다는 듯이 발효우유를 마셨다. 마시면서 또 얘기를 하였다.

"오빠 그영이 언니 안 보고 싶어?"

사랑이는 두부구이를 하나를 먹고선 두부구이 하나를 밥그릇에다 가져갔다.

"진리야 배가 부르구나. 물 좀 줘."

진리는 사랑이 오빠에게 물을 내어 놓았다.

사랑이는 물을 마시곤 자리에서 일어나 베란다로 향했다. 창문 너머로 보니 사람들이 정류장을 향하여 가고 있었다. 나무 키 크기만 한 높이에 있는 사랑이 집은 햇볕이 많이 들어왔다. 아파트 2층 집에 사랑이는 살았다. 사랑이는 그영이의 기억을 떠올렸다.

"그영 씨 이러면 안 돼요."

사랑이는 그영 씨와의 귀중한 기억들이 지금의 현실에서 그영 씨에게 위안이 되었는지 기억을 묻어 두어야만 했다. 어쨌든 지금 사랑이는 진리와 화성에 살고 있다. 그리고 와영이라는 딸과 함께….

"오빠 무슨 생각을 그렇게 해?"

진리는 사랑이 오빠를 보며 또 묻는다.

"오빠, 이상하지 않아?"

"무엇이?"

"와영이."

"와영이가 어째서?"

"오빠는 그런 거도 모르네. 와영이 와영이 그런다고 와영인 줄만 알아."

"진리야, 와영이는 와영이지. 뭐 때문에 그래."

"김와영이야. 출생신고 때 내 앞으로 성을 해 놓았어."

"어 그랬구나. 요즘 엄마 성도 대를 이을 수 있으니 진리의 성으로 해 놓았구나. 그런데 진리야 난 관심없어. 하지만 출생신고를 했다는 게 그것으로 족한 게 아니겠어?"

"음~ 오빠는 남자지만 참 이상해. 오빠가 여자였으면 지금쯤 멋

있는 남자를 만났겠지. 내가 만난 사랑이 오빠 같은."

사랑이는 밥을 마저 먹기로 하였다.

"진리야, 밥은 마저 다 먹어야 되겠다."

사랑이는 남은 밥과 두부를 다 먹었다. 그러곤 진리에게,

"색시 같애. 새색시. 진리의 마음이."

"호호, 농담이겠지. 마음이란 게, 근데 오늘은 일찍 들어오세요."

"왜?"

"일부러 두부를 많이 샀거든."

"그래서?"

"두부 파티를 하려고."

"모르겠구나. 알아서 하세요."

사랑이는 옷을 차려입곤 출근하려고 하였다.

"오빠, 사랑이란 다 그런 거야. 서로 이해해 주고. 잘 다녀와 오빠. 와영아 아빠 출근하신다."

"아빠, 잘 다녀오세요."

"알았어. 우리 딸 수고가 많어."

"그럼 잘 다녀와요."

진리는 배웅을 해주며 현관문을 닫았다.

"와영이도 어린이집 갈 준비 하세요."

"네."

와영이는 엄마가 떠다 놓은 대야에 세수를 하였다. 그러곤 엄마 화장대로 갔다.

"와영아, 선생님 말 잘 듣고 친구들과 친하게 지내."

"걱정 마."

"그래, 다 잘될 거야."

진리는 빗으로 머리곁을 슬며시 쓰다듬었다. 진리는 욕실로 가 양치를 하였다. 그러곤 화장대에 앉아 화장을 했다. 분홍 립스틱을 발랐다.

"와영아, 오늘은 무슨 수업이 있어? 엄마가 준비해 줄게."

"어, 수학 수업이야."

"필요한 것을 챙기고 와영이도 어린이집 가야지."

"와영이도 어린이집 가야지."

진리는 와영이에게 신발을 신겼다. 진리는 현관문을 열고 닫았다. 와영이를 배웅해 주고 시장으로 향했다. 시장을 둘러보았다. 물통에 든 우뭇가사리가 보였다. 시장을 더 둘러보곤 반찬가게에서 반찬을 샀다. 진이 씨에게 전화를 걸었다.

"진이 씨 우리 서카페에서 만날까?"

"어, 언니 그러죠."

진리는 시장에서 조금 떨어진 서카페로 가기로 했다. 시장을 조금 더 둘러보다 가게에 들렀다. 레쓰비 캔 커피를 하나 샀다.

진리는 서카페 옆 두 계단쯤 되는 계단의 첫 계단에 앉아 캔 커피를 마시며 진이를 기다렸다. 버스 한 대가 서며 사람을 태우고 가는 듯했다. 자리를 잡았다. 진리는 낮에는 주로 이런 생활을 하며 보냈다. 진리는 사랑이 오빠의 사진을 보았다. 그영이 언니가 준 머냥이 인형이 생각이 났다. 그 인형은 진주가 가지고 있었.

'진주는 잘 있겠지?'

진리는 진주에게 소홀히 했던 기억들이 생각이 났다.

'진주는 아빠 얼굴 한 번도 못 보았을 텐데.'

진리는 사진을 지갑 속으로 다시 넣었다. 진이가 올 시간이 되었다. 진이는 어느덧 카페에서 진리 언니를 찾았다. 진리 언니와 마주 앉았다.

"언니 나 집에서 빨래를 했어. 언니는 뭐 하고 있었어?"

"그냥. 아기는 잘 있어?"

"잘 있어. 엄마가 아기를 봐 주기로 했어. 오빠는?"

"어, 회사에."

"언니, 우리 분식집이나 갈까."

"어, 떡볶이나 먹자."

"와영이가 말썽은 안 피워 언니?"

"와영이. 말썽이야 왜 없겠어. 와영이가 두 돌이 지났어. 너는?"

"연이가 주로 잠으로 보내. 와영이가 어린이집 가면 말썽은 안 피워?"

"와영이는 점점 아는 거 같애. 여기가 화성이라는 것을."

"어어 언니 와영이 어떡하지?"

"지구로 보낼 생각이야. 다 알기 전에."

"언니는?"

"어, 같이 가야지."

"오빠는?"

"지구로 가자고 말해야지. 그리고 난 자립할 거야."

"언니 차라리 그게 잘됐어. 화성까지 와서 고생이 뭐람."

"어, 그러게 말이야."

진리는 천천히 커피를 다 마셨다. 진이의 커피는 남아 있었다.

"아님 진이야, 시간이 더 있어?"

"언니, 시간 있어."

"그럼 일어나자."

진리는 진이와 카페를 나왔다.

"남편이 용돈을 안 주니 돈을 아껴 써야지. 월급으로 생활해야 하니."

"언니 집으로 갈 거지?"

진이와 진리는 진리의 집으로 향했다. 신호등을 건넜다. 화성은 보기보다 깨끗했다. 거리가 담배꽁초도 없었고 종잇조각이나 비닐들이 떠돌아 다니지 않았다. 진이는 진리의 집에 머물면서 와영이 얘기를 더 했다. 와영이 할아버지에 대해서도 얘기했으며 진리의 어머니에 관하여 물어 보았다. 진리는 진이와 있으면서 주스를 타오고 점심으론 라면을 먹고선 어린이집에 와영이를 데리러 갈 시간이 될 때까지 진이와 함께 보냈다.

"언니, 지구로 간다는 게 거짓말이었구나."

"아니야. 생각 중이야. 안 갈 수도 있고."

진이는 엄마에게 전화를 걸었다.

"엄마 나 지금 갈 거야. 연이 뭐해 엄마?"

"어 알았어 엄마. 곧 갈게."

"어."

"언니 다음에 또 올게. 아기가 일어났나 봐."

"어. 이거 가져가."

"어. 언니."

진이는 진리 언니로부터 아기 양말을 건네 받았다. 계단을 내려왔다. 찻길까지 가서 택시를 탔다. 진리는 와영이가 마칠 때를 기다리며 와영이를 마중 나갔다. 와영이는 항상 엄마를 기다리고 있었다. 진리는 와영이가 커감에 따라 조금씩 혼자 있는 습관을 들여주었다. 와영이는 그런 생활이 익숙해 가는 듯하였다.

"와영아, 많이 기다렸지?"

진리는 와영이를 안으며 쓰다듬곤 곧 내려주었다. 진리와 와영이는 길을 걸었다. 그리고 슈퍼에 들렀다. 발효요구르트와 치즈과자를 사곤 집으로 향했다.

"와영아, 선생님이 무얼 가르쳤어?"

"엄마, 가르치는 게 뭐야."

"어, 선생님이 와영이에게 이것저것 알려주시는 거야."

"엄마, 난 이것저것 했어."

"어, 선생님이 와영이에게 이것저것 가르쳤구나."

"내일도 이것저것 한대."

"그래야지, 와영이는 잘할 거야."

"잘할 거야. 와영이도."

와영이는 잘할 거라는 말이 무엇인지 배웠다. 진리와 와영이는 2층 아파트 엘레베이터를 탔다. 진리가 현관문을 열고 와영이의 신발과 가방을 내어 받았다.

"와영아 세수해."

"어~."

와영이는 욕실로 향했다. 뒤따라온 진리가 샤워기를 들곤 세수대야에 물을 받았다.

"와영아, 이리 와 봐."

엄마는 와영이의 얼굴부터 씻겼다. 그리고 손을 비누로 씻기고 헹궜다.

"와영아, 발."

와영이는 발을 내밀었다. 진리는 와영이의 세면을 끝내고 닦았다. 와영이는 집에 와서 좋았다. 온돌방에 베개를 베고 누웠다.

"와영아, 물 먹을래?"

"물~."

진리가 냉장고에서 시원한 물을 꺼냈다. 그러곤 사 온 발효요구르트와 치즈과자를 냉장고에 넣었다. 진리는 계란을 굽기 시작했다. 그리고 만두를 구웠다. 케첩을 냉장고에서 꺼내며 발효요구르트 하나를 가져와 와영이에게 간식을 차려 주었다. 와영이는 밥상을 맴돌다 앉았다. 손으로 만두를 집으려는 순간,

"와영아 뜨거워. 발효요구르트부터 먹자."

진리는 발효요구르트 꼭지를 따며 와영이에게 건넸다. 와영이는 물끄러미 발효요구르트를 보았다. 그사이에 만두도 식었다. 계란도 식었다. 진리는 만두를 포크에 찍어 천천히 와영이에게 먹였다.

"와영아, 간식이야."

"와영이 간식."

와영이는 만두를 먹으며 엄마가 입에다 가져다주는 만두를 보고

엄마 얼굴도 보고 맛있는 만두를 씹었다.

"와영아, 만두는 건강에 좋아."

그러곤 발효요구르트를 먹였다. 케첩에 계란은 거의 식어 버렸다. 계란에 케첩을 진리가 먼저 먹어 보기로 하였다. 그러곤 와영이에게 조그맣게 입으로 가져다가 먹였다. 와영이는 잠이 오는 모양이었다.

"와영아, 물 먹자."

와영이를 재우려는 찰나 와영이가 말썽이 많아졌다. 진리는 텔레비전을 틀었다. 광고 방송을 보았다. 와영이도 광고 방송을 보았다. 그러던 중 와영이가 진리 다리 베개에서 잠이 들었다. 진리는 광고 방송을 한참이나 보았다.

엄마가 와영이를 놔둔 채 욕실에 가서 샤워를 했다. 그러곤 가벼운 빨래를 하였다. 지금쯤 사랑이가 마쳐가는 시간인지도 몰랐다. 진리는 빨래를 널곤 리모컨으로 딴 광고방송을 보았다. 와영이가 일어날 생각을 안 하였다.

어느덧 방은 텔레비전의 불빛만 비칠 뿐, 캄캄했다. 진리는 텔레비전을 켜 놓은 채 잠이 들었다.

밤이 되어서야 사랑이가 현관문을 열며 들어왔다. 욕실에서 발을 씻고 작은방에서 잠이 든 듯하였다.

진리가 눈을 떴다. 그러곤 텔레비전의 광고방송을 돌려 드라마를 보았다. 오빠 방으로 가서 방문을 열어 보았다. 사랑이는 잠이 든 모양이었다.

진리는 아침 식사를 마련하기 위해 국을 끓였다. 계란찜도 하였다. 진리는 밤에 일어나는 것이 습관이 되어버렸다. 사랑이는 밤에 자는 날이 계속되었다. 진리는 책을 읽기로 하였다. 전문서적을 보기로 하였다. 사랑이가 좋아하는 생물학 책을 진리도 보고 있는 것이었다.

새벽

새벽

사랑이는 진리에게 소홀해졌다. 그러나 돌보아야 할 가정의 일은 많았다. 와영이가 점점 커가고 있었기 때문이다. 사랑이는 차츰 술을 마시지 않았다. 와영이와 노는 시간이 많아졌다. 와영이는 달라진 아빠의 모습에 즐겁기만 하였다.

"아빠, 아빠 나이는 몇 살이야?"
"글쎄, 아빠가 중년이니까. 40대."
"아빠, 중년이 뭐야?"
와영이는 궁금하였다.
"와영아, 와영이도 나이가 들어 보면 알아. 생각보다 세월이 빠르다는 걸."
"세월이 왜 빨라져. 아빠 혹시 엄마보다 나이가 많아?"
"그래, 와영이도 알겠지만 엄마는 아빠보고 오빠라고 부르지?"

"아빠, 나도 아빠보고 오빠라고 불러도 돼?"

"와영아, 그게 아니란다. 오빠란 여동생이 나이가 많은 남자에게 부르는 존칭이란다."

"아빠 왜 이래 복잡해. 나도 오빠라 부를 거야."

와영이는 사랑이를 오빠라 부르고 싶었다. 사랑이는 당황하였다. 무슨 말을 어떻게 해야 될지 고민하였다.

"와영아, 아빠하고 과자를 먹자. 아빠가 나중에 와영이에게 오빠가 생기면 그때 이 아빠가 와영이에게 설명해 줄게."

"아빠, 솔직히 오빠가 뭔지 알아. 엄마가 부르는 말이잖아. 피~."

와영이는 아빠에게 엄마가 누군지 가르쳐 주었다.

"아빠 엄마는 나만 쓰는 말이야. 아빠는 엄마에게 '진리야' 그러고. 그런데 아빠, 엄마와 진리가 뭐가 다른 거야?"

"진리, 진리는 나의 부인이야. 그러니까 너에게는 엄마이고."

"아빠도 엄마에게 엄마라고 부르면 안 돼."

"그럴 수는 없지. 아빠의 엄마는 지구에 계신단다."

"흥, 아빠는 지구에 갈 거지?"

"와영아 지구는, 지구는 아름다운 별이란다. 화성하고 다른."

"아빠 지구는 저 멀리 있잖아. 화성이 아름다운 별이야. 그러니 아빠도 지구에 가면 안 돼."

"어엉, 와영아 할 말이 없구나. 나중에 얘기하자."

사랑이는 큰방에 있는 진리에게 갔다. 진리는 텔레비전을 보고있었다.

"오빠, 요즘 걱정이야. 살 만한 게 없어. 모두가 비싼 물건밖에 없어."

진리는 텔레비전을 보며 걱정을 내세우고 있었다. 사랑이가 진리에게 말 좀 물어 볼까 하였다.

"진리야, 화성에 사니까 어때."

"화성, 화성은 오빠의 살 집이 있는 곳이잖아. 그리고 화성에서 살고 있고. 그런데 그건 왜."

"진리는 화성에 와서 실망한 적이 있어?"

"있지."

진리는 텔레비전 채널을 돌렸다. 진리는 초저녁에 잠이 드는 시간이 많아졌다. 사랑이는 진리가 하다 둔 음식을 알아서 차려 먹어야만 하였다. 와영이 밥도 사랑이가 챙겨 주는 날이 차츰 많아졌다.

사랑이와 와영이는 엄마가 잠든 옆방에서 라디오를 틀고 인형 놀이를 하고 있었다.

"아빠 차례야."

"와영아, 아빠가 피곤하구나. 와영이는 숙제를 해야지."

"알았어 아빠. 인형놀이 그만하자. 아빠도 숙제해."

"와영 씨, 아빠는 숙제가 없거든요."

사랑이는 와영이의 숙제를 도우려 하였다.

"아빠, 일기만 쓰면 돼."

"아빠가 해 줄까?"

"아빠가 안 해도 되거든."

와영이는 일기를 썼다.

- 오늘의 일기

  아빠와 놀았다. 아빠와 인형놀이를 하였다.
  아빠는 인형을 소중히 다뤄야 된다고 하였다.
  그러곤 나에게 숙제를 하라고 하였다.
  그래서 나는 숙제를 하였다.
  일기를 썼다. 인형놀이 참 재미있었다.
  아빠는 음악을 들었다.

사랑이는 와영이가 일기를 쓸 동안 욕실에 가서 발을 씻었다.

와영이는 잠이 들어 버렸다. 사랑이가 와영이를 안아 진리가 있는 방으로 가서 진리 곁에 눕혔다. 진리가 와영이를 포근하게 안았다. 사랑이는 베란다에서 담배를 피우며 라디오가 있는 방에서 잠이 들어 버렸다.

진리가 새벽에 깨려는 모양이었다. 진리는 냉장고로 향했다. 와영이를 바로 재우며 서재방에 가 책을 가져왔다. 책을 읽었다. 사랑이 오빠는 생물 책을 읽었었다. 지금에야 진리는 사랑이 오빠가 읽었던 책을 한 권 두 권 읽어가는 것이었다.

진리는 하늘의 진리, 진실을 알며 길이란 걸 알았다. 책은 어려운 부분이 많았다. 하지만 사랑이 오빠도 그랬듯이 진리도 맹목적으로 책을 읽기로 하였다. 전공서적이었다. 진리는 이제야 생물학이 뭔지, 왜 읽어야 하는 것인지 알게 되었다.

새벽에 자주 일어나곤 하였다. 처음부터는 아니었으나 새벽이 좋다는 것을 이제 아는 듯하였다.

진리는 새벽에 커피를 마시지 않았다. 발효요구르트를 새벽마다 마시곤 시간을 즐기듯 아침이 오기를 기다리며 요리를 하고 식단을 챙겼다. 밥도 했다.

출근할 사랑이를 위해 매일 아침 발효요구르트를 하나씩 챙겨 주었다. 와영이는 사랑이 오빠가 나갈 때쯤이면 잠에서 깼다. 사랑이는 와영이 이마에다 입을 맞추고 현관문을 나섰다.

"오빠, 다녀와."

"아빠, 다녀오세요."

"그래, 아빠 다녀올게. 여보 나 다녀올게."

"네."

진리는 사랑이가 출근을 하고 나면 와영이의 밥을 챙겨 주었다. 그리고 와영이가 스스로 씻는 것을 보고 있었다.

"와영아, 머리도 감아야지."

"알아, 엄마."

진리가 보고 있다가 머리를 감겨 주었다. 수건을 주었다. 와영이는 서투르지만 수건 닦기를 스스로 해냈다. 발 닦는 매트에 발도 스스로 닦았다.

진리는 와영이와 함께 화장대에 앉았다. 진리는 와영이의 머리를 말려주었다. 진리는 와영이에게 로션을 발라주며 어린이집 갈 옷으로 갈아 입혔다. 가방을 챙겨 와영이도 어린이집에 갔다.

진리는 와영이와 함께 새롬어린이집에 가서 선생님과 인사를 나누었다. 선생님은 와영이를 반겨 주었다. 와영이는 벌써 4살이 되었다.

진리는 와영이에게 인사를 건네고 집으로 돌아와 방을 청소하였다. 창문을 약간 열어 두었다. 라디오를 켜고 빨래를 하였다. 진리는 손으로 빨래하던 것을 그만두고 세탁기를 사야겠다고 생각하며 마트에 들르기로 하였다. 진이에게 전화를 걸었다. 이마트에서 만나기로 하였다. 진이도 집안일을 하다가 진리 언니를 만났다.

"진이야, 빨래를 손으로 하니 힘들어. 빨랫감도 많고."

"언니, 언니가 빨래가 힘들다 하니 세탁기를 사는 게 어떻겠어? 3층 매장에 파는데 이번 기회에 장만하는 게 좋겠다는 생각이 들어."

"어 이제 난 고생하지 않아. 아기도 다 키운 것 같고 세탁기도 들여놓아야지."

진리와 진이는 3층 매장에서 세탁기를 두리번두리번 찾다가 골랐다. 진이가 골라주었다.

"언니, 이게 딱인 것 같애."

"그래."

진이와 진리는 계산대에 가서 계산을 하곤 오후에 배달 갈 것에 대해 직원과 얘길 나누었다. 그리고 음식 코너에서 돈가스 세트를 시켜서 먹었다.

"언니, 언니는 빨래를 손으로 했는데 세탁기는 어쩐 일로?"

"살다 보니 빨랫감이 늘어가는 것 같고 나도 이젠 편하게 살아야지."

"그건 그래, 언니."

"너 바쁘지 않니?"

"괜찮아. 안 바빠 언니."

"그럼 잘됐네. 우리 집에서 놀다 가면 되겠네."

"그럴게."

진이는 돈가스 조각을 한입 먹곤 포크로 샐러드를 떴다.

"진이야 화성에 온 지 몇 년 됐어?"

"어 한 6년."

"세월이 빠르다는 생각이 안 들어?"

"들지. 언니도 화성에 온 지 4년이 될걸 아마. 언니는 화성에 왜 온 거야?"

진이는 화성에 온 진리 언니에게 화성은 조심해야 될 것이 하나 있다고 설명해 주려 하였다.

"화성은 지구의 또 다른 별이지만 화성이 요즘 지구별을 경계하는 것 같애. 지구로부터의 독립을 위해서 화성을 우주의 중심지로 삼으려고 하는가 봐. 언니, 화성은 지구의 또 다른 별이 아니야. 화성은 언젠가 사라질 거야. 지구에 의해서."

"음~ 화성이 그 정도였나. 인간이 개척지로 삼으면서도 경계는 심하구나."

"그게 아니고 지구에서 화성으로 경계가 풀릴 거라는 거야."

"그럼?"

"맞아. 화성이 통치국을 갖는데. 지구까지는 화성이 버릴 것이래. 엄청난 재앙이 올 거야. 언니 지구의 중심지 컴퓨터기지국을 폭파시킬 거래. 머지않아."

"진이야 세탁기가 오겠어. 가야겠어."

"어 언니 이제 손으로 빨래를 안 해도 되겠어. 좋겠다 언니."

"앞으로는 어떻게 되겠지. 애들이 문제라니까."

진리는 많아진 빨랫감을 애들 탓으로 돌려버렸다. 진이와 진리는 수연시의 이마트를 나왔다. 그리고 집으로 향했다.

- 딩동 딩동-

"세탁기 배달 왔습니다."

"네."

진이가 현관문을 열어 주었다. 세탁기를 베란다에 설치하였다.

"다 됐습니다."

"네 고맙습니다."

"호스를 연결시켰고 균형을 맞췄습니다."

진리는 레쓰비 캔커피 두 개와 인사를 건넸다.

"안녕히 가세요."

직원분들은 가셨다.

"진이야 아까 화성이 지구에서 독립을 원한다는데 그게 진짜야?"

"언니 진짜래. 미국과 중국이 화성에서 분쟁이 일어날지도 모른대."

"그럼 제3의 국가들이 일어서야 하는 건가."

"언니 화성이 경계하는 게 아니라 지구에서 경계하는 거야. 지구 사람들이 기지국을 많이 보유하니 기지국의 거대한 별을 만들면 되니까. 화성을 제3의 기지국으로 넘긴대."

"그게 무슨 말이지?"

"화성보다 더 좋은 별을 얼마든지 만들 수 있다는 말과 같거든 언니. 별별의 세상이야. 언니."

"하여간 남자들은 못 말려."

"언니 나 가야겠어."

"어 그래."

진리는 진이를 배웅해 주었다. 그리고 진리는 세탁기를 여기저기 눌러보며 먹지 않은 캔커피를 땄다.

'진짜 별 세상이구나.'

진리는 천천히 커피를 마시며 깡통을 분리 수거하였다. 그리고 와영이를 마중 나갔다. 와영이가 어린이집에서 기다리고 있었다.

"와영아, 엄마 왔어."

진리는 와영이의 손을 잡고 집으로 향했다.

"와영아, 소시지볶음 해줄까?"

"엄마, 오늘의 간식이야?"

"그래, 와영이의 간식."

진리는 와영이의 간식을 준비하였다.

"와영아, 주스도 있어. 간식 먹기 전에 손발을 씻어."

"응."

와영이는 손과 발을 씻었다. 그리고 엄마 곁에 가서 앉았다.

"자, 여기 케첩 뿌리고 많이 먹어."

"네, 엄마."

진리는 와영이의 간식을 차려주곤 저녁 준비를 하였다. 와영이는 욕실에서 세수대야에 샤워기로 물을 받곤 손과 발을 씻었다. 저녁이 다 되어갈 찰나였다. 자반고등어를 구웠다. 김이 모락모락 났다. 사랑이가 돌아올 시간이었다. 그때 사랑이에게서 전화가 왔다.

"진리야, 나 회사에서 회식이 있어서 늦을 것 같애."

"알았어."

진리는 와영이에게 숙제를 시켰다. 와영이는 책을 읽고 감상문을 써야 하는 모양이었다. 책을 읽다 와영이는 엄마에게 물었다.

"엄마, 아빠 언제 와?"

"곧 올 거야."

진리는 주방으로 가서 밥을 뜨기 시작했다. 밥상을 펼치며 와영이와 먹을 저녁을 차렸다. 그러곤 와영이를 불렀다.

"와영아, 밥 먹자."

와영이는 주방으로 가서 엄마와 밥상에 마주 앉았다.

"엄마, 고기 맛있겠다."

진리는 고기를 잘게잘게 숟가락과 젓가락으로 찢었다.

"와영아, 밥 먹고 텔레비전을 보자."

"엄마, 오늘은 뭐 해?"

"찡가 해요."

"와~ 엄마, 찡가가 나쁜이를 혼냈어."

"와영아, 찡가는 우리 편이야. 와영이와 엄마 편."

"응 엄마, 찡가는 힘이 무지무지하게 세. 나쁜이가 다 혼이 나."

"그럼 찡가가 최고야."

"히히 엄마. 나 밥 먹을래."

와영이의 젓가락이 고기로 갔다. 뒤적뒤적 살집을 얹고선 밥에 놓았다. 밥을 떠서 먹을 찰나 고기가 바닥으로 떨어져 버렸다. 와영이는 고기를 손으로 얼른 줍고선 입으로 가져가 먹었다. 진리가 그것을 보고선 모른 척하였다. 그러곤 고기를 와영이에게 조금조금 얹어 주었다.

"와영아, 밥을 먹고 고기를 먹어. 그러면 먹기가 쉬울 거야."

진리는 와영이가 있는 자리로 가서 밥 먹는 것을 도와 주었다.

"엄마, 혼자 할 수 있어. 내가 먹을게."

진리는 말없이 고기며 반찬을 찬찬히 밥숟가락에 얹고선 떠먹였다. 와영이는 입을 벌렸다. 아직 작은 입이라 밥을 먹는 것이 조심스러웠다.

"엄마 그냥 먹을래."

진리는 말이 없었다.

"아, 하세요."

진리는 밥과 반찬의 양을 조절하며 밥을 떠먹였다. 그러곤 와영이의 남은 밥을 진리가 먹기 시작했다. 밥그릇을 비웠다.

"와영아, 찡가 보러 가자."

진리는 텔레비전을 틀어 와영이와 찡가를 보았다.

얼마 있지 않아 와영이는 잠이 들었다. 찡가도 끝이 났다. 진리는 찡가가 끝이 나도 텔레비전을 그대로 두었다. 진리는 와영이의 옆에서 조용히 눈을 감았다. 그리고 잠이 들었다. 11시가 되어 눈을 떴다. 사랑이가 오지 않았다. 그제서야 진리는 텔레비전을 끄곤 다시 잠에 들었다.

새벽이었다. 진리는 눈을 떴다. 와영이를 바로 눕히곤 생물 책을 보았다. 사랑이는 외박을 한 것이었다. 아침이 되고 진리는 와영이를 더 자게 내버려두었다. 와영이는 일어나지 않을 모양이었다. 진리는 욕실로 가서 세수를 하였다.

진리는 가방에 무언가를 챙겼다. 그리고 와영이를 깨웠다. 와영이도 세수를 하곤 진리와 집을 나섰다. 현관문을 잠그고 수연역으로 갔다. 와영이는 엄마가 하는 일에 무반응이었다. 진리는 와영이와 지구로 향했다. 진리는 스마트폰을 보며 사랑이에게 문자를 보냈다.
"오빠 잘 있어."
기차에 올랐다. 와영이는 창밖을 바라보았다. 엄마에게 시선을 주지도 않았다. 진리는 기차 안에서 김밥을 시켜 나눠 먹었다. 음료를 마셨다. 생수도 한 통 사고.
사랑이는 진리에게 수도 없이 전화하였다. 진리는 전화기를 꺼둔 상태였다. 사랑이는 이틀째도 집에 들어오지 않았다. 삼 일째 되던 날 사랑이는 낯선 여자를 집으로 데리고 왔다. 사랑이는 여자와 같이 있었다.
"오빠, 오빠 혼자 살아?"
"응 혼자 살아. 너 나하고 같이 살래?"
"진짜 오빠 멋있어."
사랑이는 진리가 자꾸 생각이 났다.
새벽, 사랑이는 생물책 한 권을 펴 보았다. 214페이지가 찢어져 있었다. 사랑이는 진리에게 행운을 빌었다. 새벽은 사랑이의 또 다른 시련인 것이었다.

지구에서 진리는 그영이 언니를 만났다. 그영이 언니는 진리를 외면하려고 하였다.
그영이 언니는 공원에 자주 왔다. 진리는 그것을 안 것이었는지 아침시간에 공원으로 가 보았다. 공원에는 산책을 나온 사람들이 많았다. 그영이 언니는 정자 벤치에 앉아 있으면서 무언가를 골똘히 바라보고 있었다. 진리가 다가갔다.

"언니, 나 진리. 언니 여기 있었구나."

"어, 벚꽃이 피었구나."

"어 언니, 벚꽃이 피었지."

"넌 왜 여기 있어. 사랑 씨 혼자겠구나."

진리는 말이 없었다.

"사랑 씨 지구를 떠날 때부터 봄을 기다렸는데. 봄이 오긴 오는구나. 쓸쓸한 계절을 버티고 버티더만 결국 찾아오는 건 봄인가 보구나. 봄소식 전하려고."

그영이는 사랑이를 그려보았다. 화성에 있는 사랑 씨를.

"언니 커피 사 올까? 레쓰비 두 개로 사 올게."

"그래."

진리는 정자의 벤치에서 조금 먼 자판기 쪽으로 갔다.

'언니가 생각이 많은가 보네. 내가 잘못했을까.'

진리는 지폐를 넣고 캔커피 두 개를 뽑았다. 그리고 그영이 기다리는 정자로 갔다.

"언니, 커피."

그영이는 캔커피를 받자마자 꼭지를 따 버렸다. 그리고 홀짝홀짝 마셨다.

"언니, 하나 더 먹어."

"그래."

그영이 언니는 캔커피를 받고선 들고 있었다.

"언니 부모님은 안녕하시지?"

"그래. 안녕하시지. 나 때문에 속이 타는가 봐. 넌 여기에 왜 왔어?"

"여기 언니가 있을 것 같아. 보고 싶어서 왔어. 언니는 요즘 잘 지내고 있지?"

"나야 항상 그래. 진리 너도 사랑 씨에게 잘해. 사랑 씨는 너를 굉장히 사랑하고 있어. 멀리 온다고 고생하지 말고 돌아가. 다시는 오지 마."

"언니. 언니 그런 게 아냐. 오빠 지금 인생수업을 하고 있어. 남자로서."

"그럴 거야. 인생은 수업을 받는 거니까. 가르쳐 주는 사람도 없고 배우려고 하는 사람도 없을 거야. 사람들은 수업시간을 싫어하니까."

"알았어 언니. 언니에게 줄 게 있어서 왔어."

진리는 가느다란 목걸이를 그영이 언니에게 선물이라며 주었다.

"그래 진리야. 잘 지내."

"어 언니도 잘 지내. 참 와영이 잘 있어."

"와영이도 잘 있니? 어떻게 와영이라고 이름을 지었니. 참 보통이 넘는구나."

"어 언니. 와영이가 점점 아는 거 같애 여자로서. 그럼 잘 지내 언니."

진리는 그영에게 손을 흔들며 공원을 떠났다. 진리는 집으로 향했다. 그리고 식구들과 같이 있었다. 그날 밤 진리는 잠을 제대로 자지 못했다. 눈물이 흐를 것만 같았다. 와영이는 엄마를 주시하는 것 같았다. 언니인 진주도 엄마와 와영이를 주시 하는 것 같았다.

'이때쯤 사랑이 오빠는 무엇을 하고 있을까?'

새벽, 진리는 사랑이를 생각하며 잠이 들었다. 그러곤 식구들이 깰 때까지 잠이 들어 있었다. 눈가가 젖어 있었다. 늦은 아침이 되었다. 진리는 사랑이에게 전화를 걸었다.

"오빠 뭐 해?"

"진리야, 진리가 전화를 하는구나."

사랑이는 진리를 주시하였다.

"오빠 또 전화할게."

"어."

"오빠 아, 아니야."

"어."

진리는 전화를 끊었다. 와영이에게로 갔다. 그러곤 다시 안방에 들어가 일기를 썼다. 사랑이는 일기 속에 주인공이 되었다. 진리는 산책을 나갔다.

찬 바람 불어오는 이 거리는 그대는 미소 짓고 떠나질 않네~
흐르는 눈물은 참을 길 없어 밤하는 별들을 바라보지만
내 마음 별들도 알 길이 없어 내 눈엔 눈물이 흘러내리네.
찬 바람 불어오는 이 거리는 그대는 미소 짓고 떠나질 않네~

진리는 늦은 저녁이 되어서야 집으로 들어왔다. 와영이를 내일부터 어린이집에 보내야 할 것 같았다. 짐을 다시금 챙겼다. 화성으로 가기 위해. 와영이를 두고 가야만 할 것 같았다. 그런 와영이는 어느덧 네 살이었다. 두 살이 많은 진주는 어린이집을 다녀고 있었다. 곧 학교에 들어가야 하였다.

"엄마 난 화성에 돌아가야 될것 같애. 와영이도 엄마가 길러줘. 좋은 소식이 있으면 연락을 할게 엄마."

"그래 네가 잘 알아서 하지 않겠니."

"아빠께도 좀 전해 주세요."

"그래 몸 조심해."

"엄마 사랑해."

그리고 엄마 품에 안겼다. 엄마는 왼손으로 어깨를 토닥여 주었다.

"엄마 갈게."

진리는 현관문을 나와 KTX역으로 갔다. 그러곤 김천국제우주정거장으로 버스를 타고 갔다. 와영이와의 이별이 아쉽기만 하였다. 와영이 사진을 바라보며 씽긋 웃었다. 생각보다 장하구나 와영아.

새벽

모순

엄마는 아이를 낳곤 아이에 관한 꿈을 꾼다. 그것이 아이를 향한 사랑일지 몰라도 그 아이는 그 엄마의 뒷모습을 보며 자란다. 아이는 꿈에 대한 지식이 있다. 그러면서 그 아이는 하고픈 꿈을 이루는 것이다.

진리는 지구를 떠나면서 챙겨온 진주의 사진을 지갑에 넣어 두었다. 그러곤 가끔씩 꺼내 보았다.

진리의 마음을 사랑이는 모르고만 있었다. 진리는 화성으로 와서 사랑이 오빠 뒷바라지를 하였다. 아침도 챙겨주고 저녁도 챙겨주었다. 사랑이는 8시간을 근무하였다. 그리고 300만 원이라는 월급을 꼬박 받았다. 진리는 사랑이 오빠에게 80만 원씩 용돈을 주었다. 그런 사랑이는 50만 원씩 비상금을 챙겨 두었다.

오늘도 사랑이는 월급을 받았다.

"진리야, 외식을 해야지."

"오빠, 그래."

진리는 외출할 차비를 하였다. 도롯가에 동물이 탄 버스가 지나갔다. 진리와 사랑이는 부 레스토랑에 들어갔다. 수연역에서 멀지 않은 곳이었다.

사랑이는 메뉴판을 뒤적이다 신 채소잎 가지볶음 야채크림을 시켰다. 아마도 이 음식은 기지국에서 온 식품인 듯했다. 향신료가 들어갔다. 식초로 간이 되어 있었다. 소그므레하게 짜리하게 맵스러웠다. 사랑이는 음식을 먹어보면서 감미를 느꼈다. 맛있었다. 이런 것은 처음이었다. 사람이 맛이 없으면 무엇으로 살리요. 진리는 웃긴다는 말을 반복하여 새겼다.

"오빠 이런 곳에도 오다니 약스러워. 순진한 줄로만 알았는데."

"어 다 그런 거지. 사람이 맛으로만 사는 게 아니지."

"어 그래 오빤 재력은 있어. 알 만해."

"어."

사랑이는 주스를 마셨다. 그러곤 일어서 카운터로 갔다. 50만 원을 지불하였다.

"오빠, 오늘 노래 한 곡 어때."

"그래, 진리야."

진리는 가까운 노래방에 사랑이를 데리고 들어갔다. 그리고 방을 잡았다. 진리가 첫곡을 불렀다. 사랑이도 첫곡을 불렀다.

"오빠 오빠 좋아하는 노래 한 곡 불러 봐."

"그래."

별처럼 아름다운 사랑이여.

꿈처럼 행복했던 사랑이여.

아~ 사랑은 타버린 불꽃

아~ 사랑은 한 줄기 바람인 것을

아~ 까맣게 있으려 해도

내 사랑 오~ 내 사랑 영원토록 못 잊어 못 잊어

진리는 박수를 쳤다. 진리는 노사연의 사랑을 불렀다. 사랑이는 흥이 났다. 그런데 진리가 그만 노래를 꺼버리고 나가자고 하였다. 사랑이는 왠지 찜찜하였다.

진리와 사랑이는 밖으로 나왔다.

"오빠 편의점에 가서 레쓰비 캔커피나 마시자."

"어."

"어 오빠 할 말이 있는데…. 보너스 언제 타?"

"석 달에 한 번이니까 다음 달에 나오지."

"오빠 다음 달 보너스는 다 나 주기로 해. 쓸 데가 있어."

"그러지."

진리는 택시를 잡았다.

"오빠 놀다 와. 나 먼저 갈게."

"진리야, 같이 가자."

진리와 사랑이는 택시를 탔다. 집으로 왔다. 사랑이는 발도 씻지 않은 채 드러누워 버렸다. 진리는 텔레비전을 보며 잠이 들었다.

사랑이는 진리를 새벽마다 깨웠다. 진리가 새벽에 깨워 달라고 하였기 때문이었다.

　진리는 냉장고 문을 열었다. 요플레를 숟가락에 떠서 먹었다. 그러곤 서재로 갔다. 생물학 책 한 권을 꺼내며 엎드려서 책을 보기 시작했다.

　사랑이는 베란다에서 담배를 피웠다. 스마트폰을 만졌다. 사랑이는 대출을 해 보려 하였다. 꽤 큰돈을 빌려준다는 곳이 많았다. 사랑이는 1억이 넘는 돈을 빌릴까 말까 하였다. 잠시 후 모바일로 1억을 신청하여 빌렸다. 기분이 묘하게 좋았다.

　"진리야, 스마트폰으로 1억을 대출했어."

　"어 1억. 송금해 오빠. 안 그래도 돈이 필요했는데."

　"알았어, 1억쯤이야."

　사랑이는 진리의 계좌로 1억을 송금하였다.

　"진리야 송금했어. 돈은 진리가 갚는 거야. 알았지?"

　"그러지 뭐. 그리고 오빠 대출 안 했으면 좋겠어."

　"그래 심심해서 그랬어. 앞으로는 대출을 안 하지 뭐. 그리고 대출하는 것이 그리 좋은 것도 아닌 것 같고."

　사랑이는 대출하는 심정이 그리 좋지 않음을 진리에게 말해 주었다. 그리고 재미 삼아 한다는 것은 더더욱 아님을 알아야 할 터였다.

　진리가 어디론가 계좌 이체하는 것 같았다. 사랑이는 자리를 비켜주며 냉장고로 향했다. 진리는 문자를 보냈다.

　"엄마 나 엄마에게 효도하는 거야. 받아줘."

　진리는 텔레비전을 켜 보았다. 광고 방송을 보았다. 사랑이의 티셔츠를 사 주려 한참을 보았다. 사랑이는 주방에 누워 버렸다. 그러

곧 어느덧 눈을 감았다. 찬 바닥이 사랑이의 가슴을 냉정하게 했다. 진리가 한참 만에 주방으로 와 사랑이의 누운 모습을 보며 물을 꺼내어 마셨다. 진리는 사랑이를 깨우지 않았다.

사랑이는 한참 만에 깼다. 냉장고의 요플레를 꺼내어 먹었다. 그러곤 또 방으로 들어가 잤다. 각방을 좋아하는 사랑이는 이것이 진리의 배려라는 것으로 생각하였는지도 몰랐다. 아침이 될 때까지 잤다.

진리는 꿈을 꾸었다. 지구의 집이 그리웠다. 딸들이 보고 싶었다.

'잘 지내겠지.'

진리는 흐뭇한 웃음을 지었다. 쓸쓸히 잠결이 밀려왔다. 고요히 생각을 하며 눈을 떴다. 그러곤 눈을 감았다. 이런 일은 모순인지도 모른다.

사진

지구의사당

지구에서 화성으로부터 온 응답을 받았다. 지구의사당에서는 화성의 비밀 문서 중에 이상한 것을 발견하곤 긴급 비밀요원을 요청하였다. 화성이 지구의 비밀요원을 파괴한다는 것이었다. 화성은 때를 기다리는 것이 어려워 보였다. 지구의사당에서는 며칠 안에 화성으로 군사 비밀요원들을 보내고 화성의 권력을 압류하기로 하였다.

화성은 지구의 또 다른 행성으로 지구의 명을 따를 의무가 정해져 있었다. 화성은 독립적인 개발에 의해 자립하는 것이 마땅하다고 여겨졌지만, 지구라는 원초의 별이 있었기에 고민을 하던 중 정보기지인 컴퓨터 기지국을 파괴하려고 하였다.

지구는 1기지국인 미국의 UN기지와 군사기지가 있는 국방부를 연결하고는 화성에 제재를 가하기를 희망하였다. 화성이 독립체제가 되는 것을 미국 국방국은 희망하지 않았다. 국방부에서 화성으로

의 답신을 요청하였다. 화성의 대통령은 답신을 받았다.

화성은 우리 지구의 국방부가 있는 기지국의 요청을 따르길 바란다.
며칠 안에 이 요청에 따르지 않으면 화성의 모든 컴퓨터국을 지구에서 제재할 것이다.

화성에서의 간단한 답신을 하였다.

우리는 지구의 요청에 따를 것이다. 하지만 컴퓨터 통치를 하는 지구의 모든 요청에는 응할 수가 없어 독립적인 화성 컴퓨터기지를 운영하기를 원한다.

화성 국방부에서는 이 소식을 듣고선 비밀리에 미사일을 준비하였다. 국방부의 최고 책임자는 지구의 컴퓨터 기지국을 파괴하라는 대통령의 답신을 기다렸다.
얼마 후, 화성의 대통령은 국방부 최고 책임자에게 미사일을 발사할 것을 비밀리에 명령하였다. 화성은 국방부의 안전 요원과 대통령 궁을 비롯해 긴급체제에 들어갔다.
화성의 국방부에서는 미사일을 지구에 컴퓨터 기지가 있는 대한민국 대구 서대구로 발사하였다. 지구 기지국에서는 이 미사일의 동태를 파악하였다. 유도 미사일을 발사하였다.
우주에서 미사일이 파괴되었다. 지구의사당은 각 별에 관한 정책을 발표하였다.

모든 별은 지구의사당에 따를 것을 명령한다.
외계에 있는 외계인에게도 명령한다.

모든 것을 지구의사당에 따를 것을 명령한다.

국방부는 지구에 따를 것을 명령한다.

모든 것이 정지되어버렸다. 컴퓨터가 있는 곳, 모든 것이 일시에 정지해 버렸다. 12시간 동안 모든 것이 멈추도록 대한민국 대구 서대구 컴퓨터 기지국에서 명령하였다.

진리는 이 날이 올 줄 알았다. 수많은 정보가 지구에 압류되었다. 이것은 첫 번째 별들의 전쟁일지도 몰랐다. 기지국에서 수많은 우주로켓이 화성으로 날아갔다. 화성을 제재하기로 결정하였다. 국방부부터 수색에 들어갔으며 경제부터 제재하기 시작했다. 이런 날은 화성에서는 처음으로 있는 날인 듯하였다. 화성의 대통령과 국방부를 제재하였다. 화성의 관리자들이 법원에서 재판을 받을 것이었다. 지구는 화성이 항복하기를 바랐다. 화성의 대통령이 연설하였다.

우리는 지구에게 항복을 선언하며 지구의 법칙을 따르겠다.

모든 컴퓨터는 지구의 명령을 받도록 하겠다.

그리고 이날은 화성이 독립된 별이 되지 않기를 원하는 날이다.

화성에서는 경제가 고립되었다. 지구로부터 물자를 받을 수가 없었다. 사람들이 혼란에 빠졌다. 화성의 법 제도를 지구에서 만들었으며 법 제도가 풀릴 때까지 기다려야 했다. 화성의 모든 공무원들이 민심의 관리에 들어갔다.

사랑이는 진리와 함께 몇 날 며칠을 주민센터에서 물품들을 받아야만 했다. 모든 사람들은 공공기관을 이용해야만 하였다. 화성은 암흑 세계에 들어갔다. 기지국에서는 천천히 물자를 풀기 시작했다. 별에서는 통치할 수 없다고 기지국에서 명령하였다. 사람들은 지구에서 제재를 풀도록 지구의사당의 소식을 기다렸다. 별들은 독립이 아닌 자립을 원하며 법 제도는 지구의 제재를 받기를 희망하였다.

화성의 제재가 풀렸다. 경제 제재도 풀렸다. 화성은 또다시 경제가 돌기 시작했다. 화성 수연시 외곽에 지구군사기지가 건설되었다. 화성은 지구의 제재를 받았다. 화성은 통치국의 명령을 따를 것을 응답해 주었다.

진리는 참외를 깎고 있었다. 그러다가 칼에 약간 베이고 말았다.
"아야."
진리가 베인 왼손 엄지 부분을 바라보았다. 피가 고일 듯하였다. 진리는 휴지로 엄지를 꾹 눌렀다. 서랍장에 연고를 꺼내며 바르곤 반창고를 찾아 붙였다. 덜 깎은 참외를 들고선 사랑이에게 갔다.
"오빠 참외를 그냥 먹어야겠어. 보기 좋게 썰어 놓을게."
진리는 참외를 보기 좋게 썰었다. 사랑이는 껍질가 있는 채로 먹어야 했다.
"진리야, 손가락이 왜 그래?"
"아니야, 오빠."
진리가 포크로 참외를 찍었다.
"오빠 화성이 지구에 승복했나 봐. 오빠 많이 먹어."
"어 진리야. 화성이 지구에 승복했지. 지구의 규칙에 따라야지 그래야 법이란 게 있는 것이 아니겠어. 그나저나 마트에서도 혼란이 없어졌겠지."

"암, 화성은 그래도 국민이 주인이니 그렇겠지. 나 원, 화성에서 반란을 일으키려 하다니. 오빠도 사랑의 반란은 일으키지 않도록 하세요. 용돈을 아껴 쓰시고요. 그럼 난 텔레비전 보러."

"그러셔."

사랑이는 참외를 찍어 먹었다. 빈 접시를 주방에다 갖다 놓았다. 사랑이는 욕실에 가서 머리를 감고 발을 씻었다. 양치질을 하였다. 수건에 물기를 닦고 외출복으로 갈아 입었다. 진리의 방으로 갔다.

"진리야, 나 갔다 올게."

"어 오빠, 갔다 와."

진리는 텔레비전 채널을 돌렸다. 그러곤 진이에게 전화하였다.

"진이야, 뭐해."

"어 언니 소식 들었어. 화성의 관리자들이 항복을 했대. 진짜 그럴 줄 몰랐네. 반란이라니 언니 서카페에나 갈까?"

"어, 오늘은 수이도 부르자."

"어, 수이 언니도 부르자. 언니가 보고 싶을 거야."

진리는 전화를 끊었다. 그러곤 수이에게 전화를 걸었다.

"수이야, 뭐 하니? 오랜만이다."

"엉 언니도 소리시에 있을 때보다 잘 지내지? 진이가 언니 소식을 전하곤 했지만."

"엉 진이가 서카페에 가자는데 같이 갔으면 해. 나올 수 있지?"

"엉 언니, 버스 타고 시내에 가면 되는 거야?"

"어 수연시장으로, 버스정류장에서 기다릴게. 빨리 와."

"알았어, 언니 빨리 갈게."

수이는 나갈 채비를 하였다. 화장을 대충하고 길을 나섰다. 수이는 원룸에 혼자서 살았다. 그리고 기지국에서 상담사로 일을 하였다. 진리는 상담사로 있을 때 언니 동생으로 안 사이였다. 진리는 그때 2주 동안 상담 일을 하였다. 진리가 상담사를 그만둘 때 지구로 온 때였다. 수이가 화성에서 진리를 알 때, 식당에서 진이와 함께 일했었다.

그때 사랑이도 알았다. 하지만 서로 모르는 사이처럼 지냈다. 수이는 사랑이가 갈 때쯤 왔었기 때문이었다. 수이는 사랑이의 빈자리를 진이와 함께 지켰던 것이다. 수이는 사랑이와 가끔씩 통화하는 사이였다. 물론 사랑이의 전화를 받기만 했지만.

진리는 수연시장 버스정류장에서 수이를 기다렸다. 수이가 올 시간이 되었다. 진이가 수이 언니를 보며 "언니" 하고 불렀다. 수이가 버스에서 내렸다.

"언니, 사랑이 오빠 기타 연습소에 갔어?"

진이가 진리 언니를 보면서 말했다.

"몰라, 기타 연습소에 갔는데 무얼 하는지 늘 바빠."

"언니, 오빠에 대해 관심을 많이 안 가져."

"늘 바쁜 사람이라 내가 무얼 하는지도 관심을 안 가져. 지조 있는 오빠, 쫀쫀한 오빠 다 옛말이지."

진리는 수이를 보며 서카페에 가자고 말했다.

진이가 수이 언니를 보며 물었다.

"언니, 온다고 바빴지?"

"언니, 서카페에서 무슨 얘기를 나누면 좋을까."

수이가 진리 언니를 보며 말하였다.

"글쎄다. 너는 언제 결혼하니?"

"언니, 나 독신으로 살 거야. 별 좋은 남자를 만나기도 힘든 것 같고, 지금이 편한 것 같애. 언니."

"그럼 주스나 마실까."

"그래, 언니."

진리와 진이, 그리고 수이는 서카페로 향했다.

수이가 누구에게 가방을 얻었다며 '그 사람 되게 쫀쫀하지만 그런대로 매력이 있는 사람 같았다'고 얘기하였다.

진리는 서카페의 문을 열고선 들어갔다. 그리고 창가 테이블에 앉았다. 진리와 수이가 같이 앉았다. 진이는 혼자 맞은편 테이블에 앉았다. 말이 없었다. 진이가 창밖을 보며 날씨가 좋다고 말했다. 진리가 애들의 사진을 동생들에게 보여 주었다.

"애들이 잘 지낼까? 잘 지낼 거야. 잘지내겠지."

"언니 애들 많이 컸네. 큰딸 이름이 진주라며? 진주도 언니의 성을 땄어?"

"그래. 애들이 엄마의 성에 대해 묻곤 했지."

"진리 언니, 그럼 언니는 가장이겠네."

수이가 말하였다.

"그건 아니야. 내가 엄마이니 딸이 엄마의 성에 따르는 게 좋겠다고 생각했어."

"사랑이 오빠는 별 말을 안 해?"

진이가 물었다.

"별 말을 안 해. 그런 거도 관심이 없는가 봐. 성질이 날 정도지. 그런 모습이 괜찮기도 하고."

"요즘 그런 사람이 있구나."

진이가 말하였다.

"그럼 가족관계는 어떻게 되는 거야?"

수이가 말하였다.

"아무리 그래도 호주는 오빠로 되어 있어."

진리가 사진을 거두어 갔다.

"언니 그런 사람하고 같이 산다는 게 좋아?"

진이가 말하였다.

"글쎄다."

진리는 직원을 불러 주스 3잔을 시켰다. 진리가 창밖을 보며,

"이참에 아기나 하나 더 낳을까. 둘이 있으니 심심하기도 하고 쓸쓸하기도 하고 더 나이 들기 전에 하나 더 결정하는 게 좋을 듯한 것 같으니. 흐음 어쩌면 인생이 말해 주겠지."

진리는 주스를 저었다. 진이가 따라 저었다. 수이가 주스를 마셨다. 수이의 주스잔이 비어갔다.

"언니 이참에 하나 더 낳아. 언니 쓸쓸하잖아."

진이는 말했다.

"아냐 됐어. 이대로 살 거야. 오빠도 그런 생각은 안 가질 거야."

진리는 주스를 그만 마셨다. 진이가 지갑을 꺼내 일어나며 먼저 계산을 하였다. 그러곤 다시 테이블에 앉았다.

"언니 내가 계산을 할 건데."

진이가 말하였다. 그리고 진이가 덧붙여 말했다.

"언니 노래방이나 갈까?"

"노래방 수이 너는 어때?"

진리가 수이를 보며 말했다.

"언니 난 됐어. 혼자 있어도 집이 좋아. 진이랑 가세요."

그러곤 수이가 진이 너머로 창밖을 바라보며 말했다.

"보기보다 사람이 많이 다니네. 난 수연시가 화성에서 첫째 도시란 게 마음에 들어. 그리고 여기가 좋아."

진리는 첫 번째 도시란 게 마음에 걸렸다. 곰곰이 생각하다 말했다.

"수연시장에 장이나 보러 갈까?"

"그래 언니."

수이와 진이가 동시에 말하였다. 모두 테이블에서 일어섰다.

진리는 수연시장을 둘러보았다. 그러곤 짜장면 집에 들어갔다.

"여기 짜장면 세 그릇 주세요."

진리가 말했다. 수이와 진이는 말없이 진리 언니의 말에 수긍하였다.

"짜장면 괜찮지?"

진리 언니가 말했다.

"물론이지 언니."

진이가 답했다.

"언니 시장에 뭘 살까?"

수이가 물었다.

"반찬을 좀 사고 고등어나 살까?"

"고등어. 언니 고등어 반찬을 집에서 해 먹지. 부침개나 부쳐 먹으면서."

"수이 언니, 오징어 부침개는 어때?"

"오징어도 사고 굴도 사 볼까?"

"다들 여자이긴 여자인가 보다."

수이와 진이는 미소를 지었다.

짜장면이 나왔다. 그리고 셋이서 천천히 짜장면을 먹었다. 짜장면을 비운 후, 수연시장을 둘러보았다.

사진

사진

    진리는 방 청소를 하고 있었다. 한참을 청소하다 방에 있는 담배 꽁초를 보았다. 진리는 담배꽁초를 주으려다 사랑이를 생각하였다. 사랑이는 다 피운 담배꽁초를 뒷주머니에 넣어두곤 했었다. 그러곤 집에 있는 휴지통에 버렸다.
    진리는 청소를 마무리하고 진이를 만났다. 진이도 수연시장의 서 카페를 자주 가곤 했다. 화성의 거리는 깨끗했다. 진리는 말없이 주스를 마시고 있었다. 진이가 하는 말을 듣고만 있었다. 진이는 이런 언니가 좋았다.
    "언니 애들 생각이 나지? 난 언니, 애들이 크면 자립을 시켜주고 싶어. 자기의 갈 길은 자기들이 결정하는 것이라고 생각해."
    진리는 주스를 저으며 가만히 듣고 있었다. 진리가 말했다.
    "그만 마실까?"

진이도 주스를 저었다. 언니가 무슨 생각을 하는지 눈치만 보고 있었다. 진리가 드디어 입을 뗐다.

"진이야, 딸이 몇 살이야?"

"네 살."

"벌써 그렇게 되었구나."

진리는 진이와 얘기를 나누곤 서카페에서 헤어졌다. 저녁에 진이에게서 전화가 왔다.

"언니, 아기가 이제 아빠에 대해서도 궁금한가 봐. 그래서 아빠는 기지국에 계신다고 하였지. 그런데 기지국에 대해서 묻더라구. 엄마 기지국에서 뭐 했냐고. 그래서 아무것도 안 했다고 했지. 그러니까 '피' 하고 등을 돌리더라고. 화성에 오면서 애 아빠하고 헤어졌는데 아기는 관심을 갖지 않더라고. 그러곤 그곳으로 다시 간 듯한데. 언젠가 들은 말인데 지구로 갔대 글쎄. 지구에서 딴 여자와 만난 거야! 그래서 수연역에서 전화기가 있는 곳에서 잘 지내라고 말을 하곤 수화기를 놓았어. 언니 아기에게 이런 얘기는 하면 안 되겠지?"

"그래 진이야. 그런 말은 그냥 하는 건 아닌 거 같애. 그리고 오늘 생각을 해 보았는데 아기들의 사진을 오빠에게 줘야 할 것 같애. 오빠는 어째 그런 거도 관심이 없는지 모르겠어."

"어 언니 사진을 준다는 게 맞는 거 같애. 언니가 애들이 보고싶긴 하겠지만."

"그래 진이야. 너무 모순이 되어도 안 되겠지."

진리는 진이와 얘기를 더 나누었다. 진리는 전화를 끊곤 지갑에 있는 사진들을 꺼내었다. 그러곤 밥상 위에다 얹어 놓았다. 그러곤 텔레비전을 켰다.

저녁이 되자 사랑이는 현관문을 열고 들어왔다. 사랑이는 옷을 갈아입고 냉장고로 향했다. 진리는 사랑이의 행동을 보고만 있었다. 사랑이는 발을 씻고 베란다로 향했다. 담배를 피우고 돌아오는 터에 밥상이 있는 곳에 사진을 보았지만 모른 척하였다.

"진리야, 밥 줘."

"어, 오빠."

진리는 밥을 뜨고 숟가락과 젓가락을 밥상에다 놓았다. 사랑이가 밥상에 앉을 찰나 무슨 사진인가 싶어 보았다. 아기들의 사진으로 보아 고개를 저었다.

"진리야, 애들은 누구야?"

"누구긴 누구야. 오빠 애들이지."

"그런데 왜 사진이 두 개야?"

"진주와 와영이야."

사랑이는 눈을 크게 뜨고 보았다.

"오빠 지갑에 챙겨 둬."

"아 애들이구나. 가만 있자 지갑이."

사랑이는 지갑을 서둘러 찾았다. 그리고 사진을 끼워 넣었다.

"진리야 고맙구나. 나에게 애들 사진도 주고…."

"오빠 애들이 벌써 7살이고 5살이야. 그동안 얘기는 안 했는데 어찌 애들 얘기를 안 하고 살 수 있어. 비법이 있어?"

"진리야 비법이란 게 어디 있어. 살다 보면 그렇게 되더라고. 그런데 애들이 왜 둘이야?"

"오빠는 진주 잘 모를 거야. 난 애 땜에 고생을 했어. 그래도 오빠 딸이라 생각해. 오빠에게는 아주 귀중한 딸이야. 미련 갖지 말고."

"그래 고마워. 진리의 딸이니까 내 딸이지."

"하여튼. 애가 고아가 되겠네."

"히히 그럴 순 없지. 진리의 귀한 딸인데. 암 암 그렇고 말고."

"웃긴다. 오빠가 그랬잖아."

"알았어 알았어, 미안해. 내가 좀 경솔했어."

진리는 또 생각에 잠겼다. 그러곤 웃었다. 웃는 것으로 오빠를 이해했다.

"오빠 밥 먹어."

"어."

사랑이는 밥을 먹었다. 진리가 물을 가져다주었다. 진리는 방으로 들어가 텔레비전을 보았다. 사랑이는 밥을 먹고 방으로 가 드러누웠다. 아이들을 생각했다. 조용히 눈을 감았다. 사랑이와 진리는 어느덧 서로 각 방에서 잠을 잤다. 긴긴 밤인 듯하였다.

너버다

참외

진리가 시내에서 참외를 사서 집으로 오고 있었다. 참외가 싱싱하게 맛이 들어 보였다. 오늘은 사랑이와 참외나 먹을까 하였다. 시내에선 과일을 싸게 팔았다. 진리는 과일을 가끔씩 사다 먹었다. 사랑이도 참외를 좋아하였다. 참외는 화성에서 귀한 과일일지도 몰랐다.

진리는 참외를 냉장고에 넣어 두었다. 그러곤 사랑이가 오기를 기다렸다. 사랑이는 저녁이 되어서야 들어왔다. 근래에 기타학원에 다녔었는데 한두 달을 배우곤 그만두었다. 어디를 갔다가 오는지 사랑이는 옷을 갈아입곤 자기의 방으로 갔다. 진리가 참외 두 개를 냉장고에서 가지고 와 사랑이 앞에서 과도로 깎았다. 참외를 먹어보라고 포크에 집어다 내밀었다.

"오빠, 요즘 어디를 갔다가 오는지 물어봐도 돼?"

"응, 일자리를 알아보고 있는 중이야. 화성에서 일자리라곤 진리에게 맞는 일자리만 있는 것 같애. 보수도 괜찮고 대부분 여자를 모집한대. 관심 있음 알아 봐, 진리야. 참외가 맛이 있네 달고."

"응, 생각이 나서 샀어. 오빠가 참외를 좋아하잖아. 어릴 때 처음 먹어본 게 참외라면서. 그랬잖아."

"그렇긴 하지. 어릴 때 시장에선 참외를 팔았지. 그리고 참외가 달고 맛있었어. 그때가 4살이었으니까 40년이 넘었네."

진리는 냉장고에서 참외 두 개를 더 내어왔다.

"오빠, 이번주 토요일 소풍을 가는 게 어때?"

"좋지, 진리하고 소풍이라. 요즘 빠듯하게 사는 것만 같았네. 여행을 가는 것도 좋아."

"오빠, 그럼 이번주에 가기로 해. 둘이서만 가는 거야."

진리는 참외를 먹으며 소풍에 대해 얘기했다.

"오빠, 오빠는 나를 만나서 청춘이 다 지나가 버렸네."

"진리야 내 청춘은 지금부터야. 진리의 청춘을 내가 가져가 버린 거 같애, 진리야. 으이잉."

"오빠 간지러, 하지 마. 꼭 이런다니까?"

진리는 사랑이를 뿌리치며 참외 접시를 가져갔다. 접시를 닦으며 '별일'이라는 말을 반복하였다.

진리는 방으로 갔을 때 달력을 보았다. 24일을 가리키고 있었다. 화요일이었다. 진리는 텔레비전을 보았다. 오빠의 속임수의 청춘에 시들어 가는 기분이었다. 과일 또한 익어야 제맛이라고 그런 참외는 싱싱하였으니까? 청춘이라는 것을 알았을까? 사랑이 오빠의 말이 위안이 되는 듯하였다. 그런 진리도 위안을 가지기로 하였다.

사랑이는 토요일이 되자 신이 난 것 같았다. 진리는 김밥을 싸고 있었다. 사랑이는 오뎅과 맛살을 번갈아 먹으며 즐거워하였다.

"진리야, 김밥을 싸 가지고 어디로 가게?"

"몰라도 돼. 그리고 오빠 그만 좀 먹어. 김밥을 못 싸겠어."

"알았어, 알았어. 그런데 진리는 좀 먹어 보지도 않고 그러네. 먹고 살자는데."

"어휴 못 말려. 오빠 아니랄까 봐."

진리는 김밥을 말았다. 사랑이는 냉장고에 참외를 꺼내곤 씻어다가 쟁반에 두었다. 진리와 사랑이는 나갈 채비를 하였다. 수연역에서 래미안역으로 가는 기차를 탔다.

"오빠, 가만히 좀 있어. 번잡스러워 죽겠어."

"알았어, 진리야. 여기도 다 오고. 난 말이야, 진리를 만나서 후회한 적이 없어. 내 마음 알지? 진리야."

"흥, 오빠의 매력은 여기까지야. 오바 하지 마."

"매력이야 할 것까지 있겠어, 당연한 일이지."

진리는 사랑이가 래미안시에 처음 왔을 때 강변공원을 찾았다. 가지고 온 돗자리와 먹을 것을 풀어 김밥을 먹었다.

"오빠, 강변이 푸르고 새들이 평화로워 보이네."

"진리야, 여기는 사연이 있는 곳이야. 여기서 김밥을 먹으니 나의 벗이 무엇인지를 알 것 같애."

"나의 벗, 오빠의 벗이 누군데?"

진리는 조용히 무슨 말을 할지를 기다렸다.

"네버다. 네 벗이 되어주리라."

사랑이는 조용히 참외를 움켜쥐었다. 그러곤 진리에게 건넸다.

"진리야. 사랑해."

사랑이는 철새를 바라보았다.

"오빠, 철새에 사연이 있어? 왜 뚫어지게 봐?"

진리가 말했다.

"난 여기가 좋아. 다시 올 수 있다는 게."

사랑이는 고뇌를 긁적였다.

"오빠, 여기에 우주상담소가 있다면서?"

"응, 내가 처음 올 때 상담을 받은 곳이지. 그리고 거기엔 정신병원이 있어."

"오빠, 가 볼까?"

진리는 자리를 정리하고자 서둘렀다. 진리는 오빠와 상담받기를 원했다. 주위를 정리하곤 도롯가로 나갔다. 택시를 잡았다.

"안 정신병원 가 주세요."

진리가 기사님 아저씨에게 말하였다. 어느덧 택시에서 내렸다.

"오빠, 상담이나 받고 가자."

원무과에 진료 신청을 하였다. 의사 선생님을 곧 만날 수 있었다. 진리는 차근차근 오빠에 대해 얘기를 하였다. 의사 선생님은 절차에 따라 입원하기를 권했다.

"아프면 입원을 해야지요."

"네, 오빠는 횡설수설입니다. 마음이 잡히지 않는가 봅니다. 선생님."

진리는 사랑이를 병원에 입원을 시키려 마음속에 있던 말을 하였다. 사랑이는 진리가 자기 때문에 괴로워하는지 몰랐다. 사랑이는 진리의 의도에 응해 주었고 입원을 하게 되었다. 병실로 올라갔다. 여러 선생님을 만날 수 있었으며 사랑이는 이곳에서 지내게 되었다.

"오빠 면회는 자주 올게. 걱정 마. 아프면 입원해야지."

"그래 진리야. 당분간이라니 있어나 봐야지."

사랑이는 진리에게 말했다.

"오빠, 그럼 전화하고 가져온 참외를 좀 먹도록 해."

진리는 간호사실에서 마지막 서류를 적고선 사랑이가 병실로 들어가는 것을 보았다. 진리는 오빠의 뒷모습에 눈물이 날 것만 같았다. 오빠에겐 정리할 시간이 필요할지 모르기 때문이었다. 참회의 눈물인 듯하였다.

네버다

네버다

진리는 수이에게 전화를 걸었다.
"수이야 뭐 하니?"
"그냥 있어 언니. 언니는 뭐 해?"
"나도 그냥 있어. 뭐 오전에 그런대로 시간을 보내고 오빠는 병원에 입원을 했어."
"어 언니, 오빠가 아픈가 보네."
"요즘 정리할 시간이 필요할 것 같아 입원을 했어. 오빠와 살면서 제대로 된 시간을 보내지 못한 것 같애. 시간이 오빠에게 말해 주겠지. 오빠의 인생에 대해서. 고생은 누군가와 있을 때가 빛이 나는 건지도 모르겠는데. 어 뭐랄까, 넌 지금이 행복하니?"
진리는 수이에게 행복한지를 물어 보았다.
"어 언니, 행복해. 지금이 행복하지 않으면 행복이란 걸 찾을 수도 없을 것 같애. 언니 오빠가 입원을 했으면 언니 혼자서 집에서 보내겠네."

"그래 오빠는 무엇이 행복인지 찾아야 되겠지. 넌 혼자서 잘 지내는 거야?"

"언니 나도 혼자가 편해. 혼자 사는 사람들이 이해가 가. 혼자 있을 때 뭔가가 알게 되거든. 언니는 딸들이 보고 싶지 않아?"

수이는 언니의 딸들에 대해 물어 보았다.

"어 지금은 보고 싶다는 감정보다 잘 지냈으면 하는 바람이 더 커. 그래 수이야 다음에 통화하자."

"어 언니."

진리는 공원에 산책을 나가보려고 하였다. 무언가를 챙기곤 공원에 나갔다. 현관문을 닫고 열쇠로 잠갔다. 진리는 어떻게 편한 마음을 가져야 될지 몰랐다. 길가에 꽃들이 다 진 듯하였다.

'길가에 꽃들이 다 졌구나.'

진리는 꽃들이 졌다는 걸 알 것 같기도 했고, 꽃들은 진리가 모르게 지곤 잎들이 새록새록 맺혀 있었다.

'오빠는 봄을 좋아하는데 벌써 여름이구나.'

진리는 못 주변 벤치에 앉았다. 쓸쓸함을 얻은 것 같았다. 진리는 가져온 발효음료를 꺼냈다.

"네버다. 곁에 있어 주세요. 나는 네 벗입니다."

발효음료에 적힌 네버다의 문구를 보곤 사랑이를 생각하였다. 화성에서 살겠다고 했을 때 진리는 반대하지 않았다. 진리는 사랑이의 벗이 되어주고 싶었다. 그런 지금 진리는 자기 안에 쓸쓸함을 얻은 것이었다. 이것이 휴식이었을까? 마음속으로 사랑이에게 물어보았다. 사람을 통해 얻은 감정이 진리에게 필요했을까? 진리는 네버다를 조용히 마셨다. 영원하다는 나의 벗, 네버다는 조용히 말해 주는 듯하였다. 진리는 못에 돌멩이 하나를 던졌다. 소음이 조용히 들리곤 물결이 퍼져 나갔다. 작은 소음에 진리는 오빠의 심정을 깨달았다. 돌아와 주세요. 물결들은 돌아오지 않았다. 그러곤 잔잔히 사라져 갔다.

"오빠, 영원하다는 게 뭐야? 지금 내 곁에 있는지만 물어 봐. 오빠는 항상 있어주는 그 무엇인가를 가르쳐 주는 듯하네. 그래 오빠 난 오빠를 떠나지 않을 거야. 그리고 있어줘야 할 일들이 생겼어."

진리는 자리에서 일어났다. 공원 주위를 돌아보기로 하였다. 걷는 동안 무엇이 사무치는지 물어보았다. 그제야 진리는 편한 마음을 갖는 듯하였다.

사랑이가 병실에서 전화를 했다. 진리는 집전화로 전화를 받았다.
"진리야, 순대를 사서 면회를 오면 안 될까?"
사랑이는 순대가 먹고 싶어 진리에게 면회를 와 달라고 하였다.
"알았어 오빠. 병실생활은 어때?"
"답답하기는 한데, 한편으론 괜찮은 것 같기도 해. 사람들이 착한 것 같애. 그래서 좋아. 면회 올 거지?"
"알았어 오빠. 내일 들를게."
사랑이는 병실 생활에 대해서 얘기해 주었다. 진리는 듣는 듯 마는 듯, 그리고 당분간은 병실생활에 적응해 주기를 바랐다.

"알았어 진리야, 내 걱정은 하지 마. 잘 지내고 있으니까."

진리는 사랑이와의 통화를 끝냈다. 진리는 방으로 가 텔레비전을 틀었다. 그러곤 부모님 집에 전화를 걸었다. 부모님은 진리를 무척이나 걱정하였다. 진리는 자신이 못다 해야 하는 일들에 한숨을 쉬었다.

다음 날 아침 진리는 시장에 가서 순대를 샀다. 그리고 레쓰비와 몇 가지 종류의 음료수를 샀다. 그리고 기차에 올랐다. 오빠가 있는 안 정신병원으로 갔다. 접수를 하였다. 순번을 기다리며 간호사실이 있는 병실로 올라갈 수 있었다. 진리는 면회실에서 사랑이를 기다렸다. 진리는 조용히 무릎에다 손을 얹었다.

-똑똑똑-

문을 두드리는 소리가 들렸다. 문이 열렸다.

"진리야, 왔구나."

사랑이는 반가워하였다.

"오빠 생활하는 게 어때?"

"답답하지만 견딜 만해. 여기는 생각을 많이 해서 좋아. 보고 싶은 사람도 생각하고 기다리는 마음도 한결 좋아."

사랑이는 진리를 바라보며 말하였다.

"오빠, 순대나 먹으면서 얘기하자. 여기 오빠."

진리는 순대와 음료를 건넸다. 사랑이는 순대를 먹다 젓가락을 놓았다.

"오빠, 더 먹어."

"응, 알았어."

사랑이는 젓가락을 다시 잡으며 진리가 따다 준 음료를 마셨다.

"오빠, 나를 만나서 후회한 적이 있어?"

"없어."

사랑이는 순대를 부지런히도 먹었다.

진리가 사랑이를 보며 한마디 하였다.

"오빠, 그영이 언니 한번 만나보는 게 어때?"

"아니 안 만날 거야."

"좋아, 오빠. 그런데 여기서는 더 이상 오빠와 함께하지 않을 거야. 지구로 돌아가는 게 어때, 오빠?"

"지구, 지금에 와서 지구라니."

사랑이는 멍하니 생각을 하였다.

"오빠가 지구로 가지 않으면 난 더 이상 오빠와 살지 않을 거야. 오빠는 고생이야. 다음에는 오빠와 진지한 얘기가 오고 갔으면 좋겠어. 애들도 오빠가 보고 싶을 거야. 진주는 내년에 학교 다닌대."

"벌써 그렇게 되었구나, 진리야. 알았어, 진리가 원한다면 지구로 간다는 거 생각해 볼게."

"어, 오빠 다 먹었어?"

진리는 남은 순대를 천천히 먹으며 비웠다.

"오빠 내일은 있는 법이야. 생각하고 걱정하는 거 따위는 오빠에게도 좋은 것이 아닌거 같애. 내일부터 집을 정리할게. 남은 음료는 가져가서 마시도록 해. 그리고 오빠, 오빠는 좋은 사람이야."

진리는 면회를 마치고 사랑이를 병실로 다시 보냈다. 진리는 다 먹고 남은 것을 한쪽으로 치워 두었다. 그리고 면회실을 나왔다.

"수고가 많으십니다, 선생님. 오빠가 잘 지내도록 부탁드립니다."
"걱정하지 마십시오. 워낙 말이 없고 애꿎은 짓은 안 하니 잘 적응하고 있습니다."
"네 선생님, 며칠 안에 퇴원 날짜를 잡을까 하는데요."
"네, 퇴원 날짜는 보호자가 하시면 되고요. 의사 선생님과 상의를 해 보시고, 절차를 밟으면 될 겁니다."
"네 수고가 많으십니다. 안녕히 계세요."
"네, 안녕히 가세요."

사랑이는 병실 온돌방에서 진리와 딸들을 생각하였다. 생각하고 또 생각하였다.

진리는 안식이 언니에게 전화하였다.

"안녕하세요."
"네."
"언니, 진리예요."
"응, 진리가 웬일이야?"
"언니, 오빠와 지구로 갈 것 같아요."
"응, 진주가 벌써 학교에 다닐 거라며."
"어 언니, 진주는 아빠를 한 번도 만나보지 않았을 테니 아빠가 무척 보고 싶을 거야."
"그래, 사랑이와 잘 지내. 지구에 오면 다시 연락 줘."
"네, 언니."

진리는 홀가분한 마음이 들었다. 화성에서의 생활이 이제 청산이라니, 속이 후련했다. 진리는 꿀차를 타서 마셨다. 화성에서의 5년이라는 세월이 진리에게 안식을 주었다. 진리는 차를 마시며 또 마시곤 마음에 응어리진 것들을 떨쳐 버렸다.
 아침이 되어 진리는 청소를 하였다. 공책에다 뭔가를 적었다.

 기에 세계에선 결합의 원칙을 따른다. 성질에 따라 결정이 된다. 단백질은 유전자가 지정한다. 분류의 법칙에선 자기들만의 세계가 있는 것이다. 나를 결정하는 건 모든 이가 존재하기 때문이다. 그러하니 기에선 서로를 위하는 것이었다.

 진리는 나갈 채비를 하였다. 화장을 하곤 수이를 만나러 시청에 갈 것이다. 수이도 진리에게 줄 것이 있었다. 수이와 진리는 시청 입구에서 만났다. 진리는 수이에게 살던 아파트를 넘겼다.
 "수이야, 집이 인계가 되었네. 그래 줄 게 있다면서, 뭐야?"
 "어 이거."
 수이가 가방에서 무언가를 꺼냈다.
 "USB 언니 주려고."
 "여기 무엇이 저장되어 있는데?"
 진리가 근심 어린 눈으로 바라보았다.
 "아니, 아무것도 된 게 없어 언니. 언니가 소설을 쓰니 나중에 저장을 하라구. 선물이야."
 "그런데 왜 쓰던 걸 줘?"
 "언니, 이별은 아쉬워. 그래서 언니에게 줄 게 있나 생각을 해 봤어. 쓰던 것 중에 딱히 생각나는 게 이거더라고."

"그래, 혼자 사는 모습은 보기가 안 좋아. 꼭 좋은 사람 만나."
"어 언니."
수이는 진리와 헤어졌다. 그리고 진리의 집으로 이사를 왔다. 원룸에 혼자 살다가 진리의 집에 머무르며, 진리가 남기고 간 모든 물건들을 선물 받은 것이다. 수이는 아파트에 살면서 진이와 친하게 지냈다. 진이는 진리에게 소식이 없자 실망하였다.

진리는 래미안역 근처에 방을 얻었다. 그러곤 우주상담소에 자주 들렀다. 선생님은 진리에게 따뜻한 마음을 가지라고 배려해 주었다. 상담이 시작되었다. 진리는 사랑이에 대한 걱정과 근심 어린 이야기를 털어 놓았다.
"좋습니다. 오늘은 여기까지 하죠. 다음에는 좋은 이야기를 좀 하도록 하겠습니다."
선생님은 이해와 조언에 가까운 말을 해 주었다. 진리는 사랑이 무언지만을 헤아렸다.
저녁이 다가왔다. 진리는 라면을 끓여서 먹었다. 주방을 수세미로 닦았다. 싱크대 홀 청소를 하였다. 원룸에 사는 것에 만족하여야만 하였다. 진리는 텔레비전을 보며 하루를 보냈다. 저녁이 다가올 쯤엔 조용히 음악을 틀었다. 흘러 나오는 음악 소리에 진리는 조용히 책을 보았다. 번잡하다는 생각이 들었으나 진리는 책을 읽고만 있었다. 냉장고에서 요플레를 꺼내 먹곤 내일은 래미안시장에서 장을 보기로 하였다. 진리는 전등불을 끄고 잠에 들었다. 음악이 흘러 나오다 어느덧 멈추었다.

진리는 늦잠을 잘 수도 있었다. 아침이 싱그러웠다. 진리는 나갈 채비를 하였다. 화장을 하고 있었다. 사랑이에게서 전화가 왔다.

"진리야, 순대가 또 먹고 싶어. 면회 왔으면 해."

"어, 오빠 시장에 무엇을 파는지 보고, 맛있는거 사가도록 할게."

"알았어. 올 때 담배 한 갑도 사줘."

"알았어, 오빠."

진리는 사랑이와 전화 통화를 끝내곤 시장에 들렀다. 묵과 튀김을 샀다. 면회를 하였다. 사랑이는 튀김이 맛있다며 많이 먹었다. 진리가 가져온 묵은 제자리만 지키고 있을 뿐이었다.

면회가 끝났다. 돌아오는 길, 진리는 묵을 들고 있었다. 진리는 시장에서 산 도토리묵을 집에서 먹었다. 사랑이가 입원한 지 두 달이 넘었다.

진리는 우주상담소를 찾았다. 우주상담소에서 상담을 종료해야 될지 아니면 진행해야 될지 물어왔다.

"선생님 이쯤에서 상담을 그만할까 합니다. 고민거리는 없습니다."

"네. 그럼 그만하도록 하겠습니다. 마지막입니다. 상담에 대해서 만족을 하셨나요?"

"네."

"네 알겠습니다. 그럼 종료하도록 하겠습니다. 상담이 필요할 땐 언제든지 찾아주십시오. 반가웠습니다."

상담사는 고민할 부분을 체크해 주고 싶었으나 그대로 종료하도록 하였다. 진리는 래미안역에 가 보기로 하였다. 포스코역까지 기차를 탔다. 요즘은 아무 이유 없이 기차를 타는 날이 많아졌다. 포스

코시에서 사우나에 들렀다. 뜨거운 물에 몸을 녹였다. 샤워를 하며 지구로 돌아가야겠다고 생각했다.

'오빠를 내일 퇴원시켜야겠어.'

사우나에서 나온 진리는 가게에 들러 우동을 먹었다. 오빠와의 화성생활에 미련이 남았다. 돌아오는 길 진리는 옷가게에 들렀다. 노란 티셔츠를 두 개 샀다. 그영이에게 전화를 걸었다.

"언니, 어떻게 지내?"

"그냥 지내."

"언니, 사랑이 오빠와 지구로 갈 것 같애."

"돌아오는구나. 먼 곳에 살더니만."

"응. 언니는 오빠가 안 보고 싶어?"

"이제 와서 보면 뭐 하니. 세월이 지났지."

그영이는 전화를 끊으려 하였다.

"언니, 오빠가 언니 보고 싶을 거야."

"그래, 보고 싶으면 보아야지."

그영이는 말을 더 하고 싶지가 않은 것 같았다.

"언니 그래요. 다음에 봐요."

진리는 통화를 끝냈다. 언니에게 미안한 마음이 들었다.

진리는 다음 날 아침 무언가 바빴다. 사랑이를 퇴원시켜 주려는 모양이었다. 안 정신병원으로 갔다. 래미안에서는 오빠가 안정을 찾은 듯하였다. 퇴원 수속을 밟았다. 사랑이는 천천히 병실에서 나오며 옷을 갈아입었다. 진리가 사다준 노란 티를 입었다. 진리도 노란 티를 입고 있었다. 사랑이가 퇴원 절차를 밟으면서 진리에게 다가와 맞은편 의자에 앉았다.

"오빠, 고생이 많았어."

"진리야, 병실생활이 생각보다 답답하더라. 진리를 많이 기다렸어."

"오빠, 수일 안에 화성을 떠나자. 집은 다 정리했어. 그냥 떠나기만 하면 돼. 오빠."

"진리야, 뭐가 뭔지 하나도 모르겠구나."

"그냥 떠나는 거야. 화성을."

"……."

"오빠, 그동안 오빠는 화성에서 성공을 한 거야. 지난날의 괴로움을 이겨내듯 오빠는 그런 삶을 이겨낸 거야. 오빠 무슨 말인지 알겠지?"

"그래, 다 잘될 거야. 난 진리를 믿어."

사랑이는 진리를 통해 믿음의 중요성을 알게 되었다.

"진리야, 지구로 가면 뭘 해야 하나?"

"오빠, 방을 얻어서 살 거야. 김천 쪽에."

"김천."

"응, 오빠 우리 애들하고."

"애들."

"응, 애들하고."

"진리야 나 기분이 묘해. 이게 현실인지 꿈인지 모르겠네."

"자. 이제 가자, 오빠."

"그래 진리야. 가자꾸나."

진리는 자리에서 일어서 사랑이를 잡아 주었다.
"애들이 많이 컸겠지? 진리야."
"어 오빠."
진리는 마음으로 얘기하고 있었다.
'오빠는 다 좋은데 여자에 대해서 한 가지를 모르네.'
진리는 오빠에게 의문점을 준다는 게 미안할 뿐이었다. 사랑이는 퇴원을 해서 매우 설레고 기운이 넘쳤다. 격리되어 있다가 바깥세상을 보면 얼마나 기쁜지 실감했다. 사랑이는 진리와 래미안의 원룸으로 갔다. 진리가 자장라면을 해 주었다.
"오빠, 해 줄게 이것밖에 없네."
진리는 오이를 내어와 식탁에 놓았다.
"진리야, 오랜만에 먹는 음식이라 더욱 맛있는 것 같애."
진리는 사랑이가 근무하였던 식당의 영양사님께 전화하였다.
"선생님, 저 진리에요."
"네 진리씨. 사랑님은 잘 계신가요?"
"네. 지금은 래미안 원룸에 방을 얻어서 있는데요. 며칠 안에 지구로 갈 겁니다. 지구로 가면 애들과 함께 살 겁니다. 그동안 감사했습니다."
"그렇군요. 사랑님이 안쓰러웠는데 잘된 일이죠. 지구로 가거든 애들과 함께 잘 지내시기 바랍니다."
"네 선생님."
"그래요. 그동안 행복했어요. 열심히 하셨고요. 올 일 있으면 또 연락을 주세요. 그리고 사랑님하고 아기들하고 잘 사시길 기도 드립니다."

"네 선생님, 안녕히 계세요. 하나님의 은총이 있기를 기도 드릴게요."

진리는 눈물이 나올 것 같았다. 진리는 사랑이가 자기를 보고 있다는 걸 무시한 채 주방에서 설거지를 하였다. 진리는 설거지를 하다 오빠에게 산책을 좀 나가는 게 어떠냐고 물었다.

"오빠 공원에 좀 나가는 게 어때?"

"좋지."

사랑이의 말에 진리는 설거지를 끝내고 저녁이 되어서 집을 나왔다. 그리고 공원길까지 걸었다. 진리는 공원길을 걷는 내내 말이 없었다. 태양이 저만치서 지고 있었다. 가로등에 불이 켜지고 있었다. 진리와 사랑이는 강변 둑에 앉기로 하였다. 가로등 불빛이 차츰차츰 밝아왔다. 오고 가는 사람들과 어울려 분위기가 좋았다.

진리가 먼저 입을 열었다.

"오빠, 여자는 비밀이 많은 사람이야."

"……."

진리는 한참 후에 또 말했다.

"오빠, 오빠는 여자를 잘 몰라."

사랑이는 듣고만 있었다.

"오빠, 여자는 마음을 먹으면 무엇이든 해."

진리가 이어서 말했다.

"오빠 첫아기 나도 몰랐는데 임신이 되더라구."

사랑이는 무난히 듣고만 있었다.

"오빠, 사랑으로 이 세상에 안 되는 게 없어. 여태껏 비밀이었는데 오빠도 알아야 돼. 여자가 혼자서도 아기를 낳을 수 있다는 걸."

사랑이는 할 말이 없었다. 하늘에는 어둠이 밀려왔다.

"하늘이 맑네. 별들 좀 봐. 저마다 자랑하듯 반짝이는 거 봐."

진리는 하늘이 아름답게 보였다. 사랑이도 별들을 바라보고만 있었다. 어둠 속에 철새 한 마리가 날아갔다.

"오빠, 오늘이 내 생일이야? 오빠가 여태껏 사랑해 준 게 믿기지 않을 정도로 좋아. 여태껏 행복했고."

진리는 말을 이어갔다.

"오빠가 나의 첫사랑이고 마지막 사랑이었으면 좋겠어. 오빠도 그렇게 생각하지?"

"응. 고맙구나, 진리야."

진리는 말이 없었다. 사랑이도 말을 하지 않았다. 밤하늘에는 별빛이 비치고 있었다. 강물 흐르는 소리가 들려왔다.

진리의 귀에도 강물이 연주하는 듯 들려왔다.

4부

기후

기후

　밤하늘에서 비가 내리고 있었다. 며칠 전 폭우가 내려 서울이 빗물에 잠겼다. 서울이라는 도시가 자연을 이기지 못한 것이었다.
　비 피해가 사람들을 혼란스럽게 만들었다. 사랑이는 폭우가 새벽에 쏟아질 때 여기도 빗물에 잠길까 걱정하였다. 나라에서는 지하에 배관을 연결해 놓았다. 배관이 있어도 비의 양을 감당하지 못했다. 지하에는 수많은 관들이 연결되어 있었다. 사람들이 알 수 없는 것조차 알아야 했다.
　감천 냇가가 범람한 적이 있었다. 그때 사랑이는 집에서 많은 비가 와도 아무렇지 않은 듯 빗줄기만 바라보았다. 하루 종일 집에 있었다. 사랑이는 건축물이 물로 만들어진다는 것도 알고 있었다. 그리고 건축자재가 물로 만들어져야 한다는 것도 새삼 느꼈다. 저장성이 있는 생수를 늘리고 배관으로 나가는 물을 정화해주는 정화조 탱

크와 물을 분리해서 가는 수소차나 산소의 이동 경향을 살펴볼 필요성이 있다고 생각해 보는 것이었다.

지구는 3분의 2가 바다며 대기와 강가에 있는 물의 양을 합쳐도 바다의 2% 정도 된다. 빙하가 2%를 거의 차지하고는 있는데, 빙하는 지구에서 날이 갈수록 녹아 내리고 있다. 그렇다고 지구가 다시 빙하의 시대로 접어드는 것은 아닐 것이겠지만, 지구는 탄소를 만들 수 있는 태양의 영향을 받으므로 탄소 저장성을 알아야만 한다. 탄소 같은 플라스틱이 만들어져도 분해하지 못하고 또다시 저장하는 피드백이 이루어지지 않는 한 빙하 같은 얼음을 다시 만들지 못하기 때문이다.

사람은 탄소를 저장한다. 그러므로 호흡을 하면 인체의 에너지가 빠져 나가고 산소로 인해 숨을 쉬게 되는 것이다. 뜨거운 공기와 찬 공기가 만나면 바람이 일어난다. 바람과 구름이 만나면 수소가스와 산소가스가 물로 변하고 먹구름이 되면 비가 내리는 것이다. 거센 태양빛에 의해 바람이 분다면 태풍이 되는 것이다. 뜨거운 공기와 차가운 공기에 의해서.

이는 다 태양빛이 지구에 있는 공기와 물 바람 등을 이용하여서 만드는 것이다. 번개나 극지방이 에너지를 몰아오고 자전한다는 것은 원리일 수가 있다. 지구는 시계 반대 방향으로 공전하며 달 또한 지구 공전 방향으로 공전한다. 더욱 중요한 것은 태양계의 모든 별이 지구와 같은 경로로 공전한다는 것이다. 그리고 아마도 태양도 시계 반대 방향으로 자전할 것으로 보인다. 아니면 태양계의 축에서 빗나가는 것인지도 모르겠다. 원자에서는 전자가 원자의 거리와 엄청나

게 멀리 떨어져 있기에 그 공간 확보가 에너지의 답이기 때문이다.

 영원의 가치는 생존하는 것이다. 사람들은 반도체로 만든 옷을 입고 있다. 동물 또한, 털이란 생물의 흔적을 바꾸어 놓았다. 계절에 따라 적응력을 가진 것은 순수히 자연의 순리에 따라가는 것이다. 자연에서 자라난 털옷은 색깔이 꼭 중요하지는 않다. 동물들은 하늘에 순응하는 것이다.
 진리는 성경책을 읽고 있었다. 하와가 왜 식물 잎들로 자신을 가리는지 사랑이에게 물었다.
 "진리야 그건 하나님이 눈을 뜨게 한 것이래. 요즘은 남자를 잘 몰라서 그런 것일 거야 아마. 나도 이토록 오래 살지는 몰랐어."

2222년 2월 22일
 두 시쯤, 강아지는 배가 고팠던 것 같다. 강아지는 편의점 문을 열었다. 가진 신용카드는 며칠째 소모된 상태로 결제되지 않았다. 강아지는 입과 손을 이용하여 핫바를 찢었다. 법적으로 강아지는 잘못하고 있는 것이다. 강아지는 핫바를 부지런히 먹고 바나나우유를 두 손을 이용하여 마셨다.
 카운터를 보고 있는 여자는 강아지를 수상하게 보았다. 그리고 스마트폰으로 경찰에 신고하였다. 얼마 있지않아 사이렌 소리가 들렸다. 강아지는 경계태세로 자기를 보호하려고 하였다. 강아지는 순수한 단어를 알고 있었다. 법이란 것을 태어날 때부터 조금씩 배웠다. 여자 경찰은 일단은 경계로 들어갔다.

"당신을 체포합니다."

입가리개를 순순히 채워 보려고 하였다. 강아지는 짖기 시작했다. 말티즈는 목소리가 자꾸 기어들어갔지만 단어 몇 마디는 똑똑한 목소리로 가능했다. 물론 강아지는 한마디만 하였다.

"강(가) 월(원래 이래). 으으응(그러니까 참견 마)."

"묵비권을 행사할 수 있습니다. 같이 가시죠."

경찰은 강아지 손을 묶었다. 경찰은 천천히 걸음을 맞추며 강아지를 승합차에 태웠다. 이로써 강아지는 수감된 것이었다. 수사가 이루어졌다. 이 강아지는 암캐로 새끼들을 두고 있었다. 새끼들은 고아원에 보내고 돌보지 않았다. 동물들은 본성을 가지기로 법으로 정해져 있었다. 엄마의 성으로 따라가는 요즘 세상에선 자신이 낳은 자식이면 책임을 져야 하는 법도가 정해져 있었다.

마음의 언어를 비언어로 사용하였다. 동물들은 비언어인 이음을 알고 있었다. 인간은 언어인 음을 알고 있었다. 서로 부딪치지 않는 한계에서 다음이란 한글을 사용하기로 하였다. 책자가 있었다. 두음법칙이 눈으로 비언어의 공통점을 이야기해 주었다.

강아지는 두 아이의 엄마로서 딸인 강아지를 감싸는 조건으로 법의 판정을 받기로 하였다. 일단은 자신과 아이를 사랑하는지 묵비권을 행사할 수 있었다. 훔친 죄는 벌을 받아야 마땅하였다. 그러나 법원에서는 가지지 않은 자의 편에 서기로, 일단은 이 사건은 민법의 사건으로 처리되었다.

그리고 특별한 사건이라는 기미가 있으므로 몇 달간의 교도소 수감이 적당했다. 말티즈인 비리는 교도소에서 5개월을 살게 되었으며 그곳에서 돈을 벌어야 하는 형이 정해졌다. 그리고 비리의 보호자인 사랑이가 며칠간 보호소의 형량을 받았다.

진리가 사랑이를 면회왔다.

"오빠, 오빠는 왜 아직도 모르는 거야? 사람에 대해서, 죄는 지은 사람이 형벌을 받는 거야. 그렇게 귀엽게만 봐 주더니 이치가 다르잖아. 비리와 같이 있는 것도 아니고 오빠가 형벌을 내리는 것도 아니고. 동물들은 철이 들어야 해. 그리고 오빠도 여자에 대해서 조심할 게 있어. 이 세상의 반이 여자가 아닌, 전부가 여자라고 생각했으면 해. 오빠도 살 날이 많으면 앞으로 여자 같아야 돼. 그래야 본성이 나와, 믿음과 섬기는 마음에서. 오빠 지난날의 기억은 오빠에게는 제일 소중한 것이야. 함께 있었던 것들이."

"음, 진리야. 나 뭐 잘못 먹은 것 같애. 아까 라면을 먹었거든."

"오빠, 요즘 여자가 되는 약이 있으니 몰래몰래 먹자. 정보는 내가 알아서 올게."

"진리야, 다음이 뭔지 모르겠구나. 제정신인지 아닌지. 난 그저 평범하게 살 뿐이야."

"알았어 오빠. 오빠는 머리가 아프니까 두통약을 먹어야겠어."

진리는 곰곰이 생각에 잠겼다. 그리곤 와영이에게 전화를 걸었다.

"와영아, 아빠가 보호소에 있어. 와영이가 아빠에게 줄 두통약을 좀 구입해야겠는데, 저녁에 집에서 두통약을 좀 줬으면 해."

"알았어. 그런데 아빠가 왜 보호소에 갔어?"

"비리 때문에, 얘가 편의점 물건을 훔쳐 먹었지 뭐야."

"음~ 아빠는 괜찮은 거고?"

"어, 그런데 머리가 아픈가 봐. 이따 집에서 보자."

"알았어."

와영이는 사랑이가 경찰서에 있다는 게 걱정되었다. 저녁 때 약국에 들러 두통약을 샀다. 집에서 진리와 만났다.

"아빠가 키우는 자식이라곤 비리라는 동물뿐인데 아빠가 비리 때문에 보호소에도 가고 왜 그러는지 모르겠어."

"와영아, 이참에 아빠를 여자로 만들자. 요즘은 관계를 맺어도 여자만 태어나니 먼 훗날에는 걱정이 되는구나. 호르몬 약을 몰래 구입하자. 와영아."

"엄마, 근데 아빠가 반대 안 할까?"

"와영아, 내가 얘기해 놓았어. 반대는 안 할 거야."

진리는 와영이가 사 온 두통약을 받았다. 와영이는 망고 주스를 마셨다. 약국을 나올 때 슈퍼에서 사 온 것이다.

"망고 주스가 달고 맛있네. 이참에 애기를 하나 낳을까?"

"얘야 아서라. 지금에 와서 낳으면 뭐 하니 원."

"음~ 애들을 낳으면 좋긴 한데, 그렇긴 하네. 언니는 소식이 없으니 동생이 보고 싶지도 않은가 봐."

"언니는 항상 바쁘지 않니. 동생인 네가 이해를 해야지."

"그렇지."

와영이는 컴퓨터 책상 의자에 앉아 책을 펼쳐 보았다. 백설공주는 사과를 먹고 잠시 죽음을 맞이하였다.

"글쎄, 아빠가 사과를 먹고 여자로 변신할 수 없을까?"

와영이는 책을 고민하며 읽고 있었다. 와영이는 쉽게 여자가 되는 방법도 있지만, 조금 더 아름다운 구상을 해서 엄마에게 물었다.
"엄마, 아빠에게 사과를 드시라고 해. 내가 사과에 약품을 발라 놓을게."
"그래도 되겠구나. 좋은 생각이야, 와영아."
진리는 소파에 앉아 텔레비전을 보았다. 와영이는 독서를 계속 즐겼다. 와영이는 세균을 연구하는 미생물학자였다. 온통 방에는 미생물에 관한 책들뿐이었다. 미생물 영어서적을 부지런히 읽으면서 보며 커피도 간간이 즐겼다.

진리는 비리의 애들이 있는 고아원에 다녀오기로 하였다. 아침부터 세수하고 화장을 하였다. 분홍 립스틱을 발랐다.
"와영아, 나 갔다 올게."
"어, 다녀오세요."
진리는 택시를 타며 외진 곳 어느 건물 앞에서 내렸다. 건물로 들어가며 여자분을 만날 수가 있었다. 그리고 비리의 딸인 비니와 비영이를 건물 사무실에서 기다렸다. 두 마리 강아지는 천천히 사무실로 들어왔다.
"고생이 많구나."
진리는 동생인 비영이를 쓰다듬었다. 가지고 온 소시지를 비니와 비영이에게 주었다.
"얘들아, 엄마 보고 싶지?"
진리가 비영이의 눈곱을 떼어 주었다. 그리고 물을 먹였다. 목줄을 매고 천천히 산책을 하였다. 산책을 마친 뒤, 진리는 목줄을 풀어

주며 간식을 주었다. 간식을 다 먹은 강아지들은 여자를 따라 다시 원으로 가야만 하였다. 진리는 사무실 의자에 앉아서 분홍 립스틱을 지웠다. 여자분과 잠시 얘기를 나누곤 놀이터를 둘러보았다. 그네에 앉아서 손잡이를 잡았다. 그네를 탄 후 진리는 이곳을 떠났다.

와영이는 미생물의 생활사를 현미경으로 유심히 보았다. 시간이 날 때마다 보았다. 이들의 번식력은 대단했다. 와영이는 번식력에 대해 유심히 관찰하며 무언가를 열심히 메모했다. 와영이는 회사에 있을 때도 있었고 집에서 업무를 볼 때도 있었다. 와영이의 관심사는 식물에 대한 것이었다. 식물은 물을 주어야 쑥쑥 자랐다. 그렇지만 이보다 중요한 요소가 더 필요했다. 와영이는 거름을 가끔씩 주는 것을 잊지 않았다. 와영이는 식물이 왜 요소를 필요로 하는지 연구하였다. 식물은 뿌리에서 물을 흡수하였다. 관맥이라는 것에 의해 물을 빨아들여 물줄기가 펌프질하듯 가지나 잎들에게 전달하였다. 와영이는 이 식물들이 왜 펌프질을 하여야 하는지 의문이 갔다. 따뜻한 흙 속에서 뿌리가 영양소와 물을 공급하는 식물에 대해 미생물은 어떤 역할을 하는지 연구 수행하였다.

와영이는 채식을 좋아하였다. 사랑이에게 감자볶음을 배웠으며 나물요리를 배웠다. 사랑이는 커피나 음료수를 좋아하였다. 와영이도 커피와 음료수를 좋아했다.

사랑이가 보호소에서 나오는 날이었다. 진리는 두통약과 물을 건네주었다. 진리는 괜찮냐며 자꾸 물어보았다. 사랑이는 괜찮은 듯하였다.

"이제 다 나은 것 같네. 머리 아프면 또 얘기해, 오빠."

진리는 안심하기로 했다. 얼마 후 사랑이는 또 두통이 있다며 진리에게 얘기했다.

"알았어 오빠, 하나 더 줄게."

사랑이는 진리가 주는 두통약을 하나 더 먹으며 안심하였다. 비리에 대해서 진리에게 물었다.

"오빠. 괜찮을 거야. 몇 달 후면 비리도 나올 거야. 그동안 오빠도 잘 지내야지."

"그래. 진리야."

사랑이와 진리는 택시를 탔다. 어느 음식점에 내려 밥을 먹었다. 나물 반찬이 많이 나왔다. 된장국을 먹으며 사랑이는 진리에게 집에는 별일이 없었느냐고 물었다. 진리는 별일이 없었다고 답변하였다. 그리고 며칠 전 동물 고아원에 다녀온 얘기를 하였다. 사랑이는 비니와 비영이가 걱정되었지만 이내 마음을 고쳐 먹었다.

"진리야, 비니와 비영이도 새로운 주인을 만나겠지?"

"오빠, 비니와 비영이는 걱정하지 않아도 돼."

"왜?"

"고아원에서 잘 키워준대. 그리고 등록을 내 앞으로 해 놓았어. 그러니까 걱정하지 않아도 될 것 같애."

"어. 그렇구나."

진리와 사랑이는 음식점을 나와 집으로 향했다. 사랑이가 와영이를 마주했다.

"별일 없었니?"

"네, 별일이야 있었겠어요."

사랑이는 방을 두리번거렸다. 샤워를 한 후 베란다로 갔다. 진리가 커피를 타기 시작했다. 사랑이에게 건넸다.

"오빠, 커피."

"응."

사랑이는 커피잔을 받았다. 천천히 커피를 마셨다. 커피잔을 한쪽으로 치워 놓고 냉장고로 향했다. 물을 마셨다. 소변이 마려웠다. 욕실로 향했다.

"오빠, 비데를 들지 말고 앉아서 소변을 봐."

"그게…."

"여자 버릇 들이는 거야. 알았지?"

"으이그 또 속는구나, 진리 마음에."

사랑이는 앉아서 소변을 보았다. 서먹한 기분이 들었다.

"원래 그런 거야. 여자들이란."

진리는 무와 배추를 가지런히 썰었다. 마늘과 생강도 다졌다. 고추를 썰어 냄비에 함께 담았다.

"밖으론 산들바람이 부는구나."

사랑이는 된장 냄새를 맡았다.

"된장국을 끓이는구나."

진리는 사랑이와 더 이상 이별 연습은 없을 것 같았다.

"오빠, 사랑이 있는 곳엔 진리도 함께 있는 거야."

진리는 냉장고에서 우유를 꺼내 마셨다. 그리곤 욕실로 가서 샤워를 하였다. 욕실문을 닫으며 진리는 웃었다.

"히히히."

비리의 출소 날이 가까워지고 있었다. 비리는 다른 동물과 단체 생활을 하고 그곳의 법규를 지켜야 하였다. 단순한 컴퓨터 작업과 반복적인 일을 배웠다. 그리고 식사를 하고 어떻게 휴식하는지도 배웠다. 동물들은 이곳에서 사회생활에 필요한 것들을 배웠다.

진리와 사랑이는 비리가 있는 동물 교도소로 갔다. 비리는 물끄러미 진리와 사랑이를 보았다. 그리곤 딴청을 피웠다. 진리가 다가갔다. 그리고 앉았다.

"고생했어."

비리는 진리의 손바닥을 핥았다. 진리는 머리를 쓰다듬으며 소시지를 건넸다. 사랑이는 보고만 있었다. 진리는 비리의 등을 보듬어 주었다. 비리는 사랑이에게로 갔다. 진리가 렌터카에 비리를 태웠다. 진리가 차에 시동을 걸고 운전하였다. 진리는 안식이의 집으로 차를 몰고 갔다. 그리고 집 앞에서 전화를 걸었다.

"언니, 좀 나와 줄 수 있어요?"

"어 진리가 웬일로?"

"비리가 출소했어요."

"그래, 입양을 시킨다더니. 우리 집으로 왔구나."

"언니가 좀 길러 주세요."

"그래. 집으로 들어와."

진리와 사랑이는 비리를 차에서 내리도록 하였다. 비리는 서먹한 기분이 가시지 않는 모양이었다. 안식이는 마당에 강아지가 있도록 하였다.

"언니, 차에서 강아지집을 내릴게요."

"어, 그래."

비리는 풀 냄새 맡으며 돌아서 앉았다. 진리는 비리의 집을 가져와 마당에 두었다.

"언니, 6살이야. 이름은 비리이고 소시지를 좋아해. 그 외에 다른 음식도 잘 먹지만 사료도 좀 가져왔고, 강아지 용품도 가져왔어요. 잘 보살펴 주세요."

진리와 사랑이는 강아지용품들을 차에서 내렸다. 비리의 눈이 슬퍼 보였다. 진리는 안아주고 싶지만 뒤돌아서기로 하였다.

"언니, 그럼 전 가 볼게요."

"그래, 진리야. 이름이 비리라고."

"네, 비리예요. 비가 참하리에서 따 온 이름이에요."

"어, 알았어."

"네 언니. 커피 한 잔 마시고 가도 될까요?"

"그래."

진리와 사랑이는 안식이의 집으로 들어갔다. 거실에 나란히 앉았다. 안식이가 라면을 끓이기 시작했다. 그리고 커피도 끓였다. 시원한 냉커피부터 진리와 사랑이에게 건넸다. 진리는 천천히 마시고 있었다.

"누나, 집이 좋아."

사랑이가 말을 건넸다.

"어 이사를 왔지. 오래전에."

안식이는 강아지를 데리러 갔다. 그리고 함께 거실로 들어왔다. 강아지가 왈왈거리기 시작했다.

사랑이는 커피를 마셨다. 안식이는 라면도 차려 주었다. 사랑이는 라면을 맛있게 먹었다. 진리도 천천히 라면을 불어가며 먹었다.

"오빠, 오빠는 비리가 여기서 지내면 어떡할 거야?"

"나야, 찬성이지."

"응, 오빠는 좋은 사람이야."

진리는 서먹한 기분은 잊기로 했다.

"언니, 나중에 연락 줘요. 밥 한 끼 사 드릴게요."

"그래. 라면은 맛있니?"

"언니, 맛있어요. 언니가 끓이니까 더 맛있는 것 같애요."

사랑이가 물었다.

"진리야, 비리 잘 지낼까?"

"잘 지내겠지. 언니가 보살펴 주니까. 걱정은 안 해도 될 거야."

"그럼 다행이고."

비리가 보는 듯했다. 사랑이의 라면은 비었다. 진리는 천천히 아직도 먹고 있었다. 안식이가 물을 주었다. 천천히 물을 마시며 갈 채비를 하였다. 진리는 인사를 하며 렌터카를 탔다. 사랑이와 진리는 안식이와 헤어졌다. 비리는 보고만 있었다.

기후

뿌리

진리는 사랑이에게 다리베개를 해주며 새치를 뽑고 있었다.
"오빠는 새치가 없구나."
"진리야, 나 염색해서 그래."
진리는 의심하듯 머리카락을 한참 보았다.
"오빠, 그럼 염색이 덜 된 머리털을 뽑아줄게."
진리는 머리를 뒤적였다. 사랑이는 어느덧 눈을 감고선 잠들어 있었다. 한참 후에 진리는 머리카락 한 가닥을 뽑았다. 사랑이는 눈을 뜨고선 꺼진 텔레비전을 바라보았다. 와영이는 엄마가 무얼 하고 있는지 궁금해 텔레비전이 있는 방으로 왔다. 그러곤 엄마 옆에 앉았다.
"엄마, 인체에는 몇 개의 관이 흐르고 있어?"
"잘은 모르겠구나. 5군데였던 것 같은데. 혈관, 신경관, 림프관,

장관, 하나가 생각이 안 나는구나."

"음, 인체에는 관이 많구나. 난 호르몬에 대해서 연구 중인데 엄마는 호르몬이 감정을 다룬다고 생각해?"

"그럼. 혈관을 타고 흐르기도 하지. 그리고 호르몬도 관이 있어. 특이 생식관도 있긴 해."

"엄마, 아빠 주무셔?"

"잠이 들었는지 눈을 뜨지 않네."

"엄마, 식물이 자라려면은 여러 요소가 필요하겠지?"

"일단 낮과 밤이 필요하지. 어쩌면 밤이 더 중요한 요소가 될 수도 있고."

"엄마, 밤은 모두가 잠드는 시간인데. 에너지와 소모에 관한 얘기라면."

"음, 너는 에너지를 어떻게 생각하니?"

"에너지는 말이야. 최소한의 결단 수단이라고 생각해. 에너지를 얻어서 소모를 하는, 그래서 힘을 얻는…."

"그래, 넌 새치가 없니?"

"엄마, 가게에 가서 음료수나 좀 사 올게."

"그러렴."

와영이는 슈퍼에 가서 망고 주스를 세네 개를 사 왔다. 한 개를 손에 쥐고 나머지를 냉장고에 넣어 두었다.

와영이는 방으로 가서 자신의 자료를 보았다. 그러곤 한 장을 서랍에 넣어 두었다. 와영이는 베란다의 몬스테라 식물에게 물을 주었다. 바람에 고개가 끄덕였다. 하늘에 구름이 떠있듯 창공이 보였다.

와영이는 베란다에서 양파를 하나 들고선 주방으로 향했다. 양파볶음을 하였다. 냉장고에서 된장을 꺼내고선 마늘 크기만큼 한 스푼을 떠다가 씹어 먹었다. 냉장실엔 두부가 사기 컵에 물에 든 채 담겨 있었다.

냉장고를 닫고선 방으로 가서 식물학 책을 읽었다. 식물은 답을 줄 것이다. 잎이 피었다가 겨울이면 져 버린다는 것을. 와영이는 뿌리에 관심을 갖기로 했다. 분해성에 대해서 연구하고 싶었다. 망고 주스 캔을 따다가 천천히 마셨다. 달고 맛있었다. 와영이는 저장성에 대해서 조용히 알아갔다. 식물은 물을 저장하기 때문이다.

와영이가 외출을 하였다. 학회를 갈 모양이었다. 연구한 자료를 들고선 미생물학회에 참석하였다. 다영이를 볼 수 있었다. 다영이는 학회의 학회장이었다.

"와영아. 논문은 잘되가?"

"아직. 언니는 오늘 모임에 자료는 있는 거죠?"

"다행히. 넌 미생물을 전공한다는 게…, 속으로는 알잖아. 우리 언니에 대해서."

"언니, 난 와영이 언니 때문에 미생물을 전공하는 게 아니에요. 와영이 언니는 논문을 써서 많은 사랑을 받았지만 난 사랑을 받으려고 하는 게 아니에요."

"와영아, 와영이 언니도 네가 많은 사람에게 사랑받기를 원해. 김와영, 나 그리고 이와영 언니. 그래도 뿌리를 연구해서 센터를 하나 차려 보자꾸나."

"언니, 그럼 세미나에서 봐요."

"그래. 세미나에서 봐."

와영이는 자료가 든 가방을 들고선 세미나가 열리는 강당으로 향했다. 자리에 앉았다. 학회장님이 앉은 좌석에서 마이크를 조정하며, 수집한 자료들을 훑어보았다. 모임에는 고등학교 선생님도 있었고, 연구소에서 일하는 학자님도 있었다. 와영이는 연이라는 1살 어린 친구에게 반갑다는 듯 손을 흔들어 주었다.

"언니, 오늘 과제가 무거울 것 같은데."

"글쎄, 무거울수록 힘든 거 아니겠어."

"언니, 마치고 밥 한 끼 어때?"

"먹는 건 방과 후가 제맛 아니겠어. 횟집 어때?"

"좋지, 언니. 기대가 되는데?"

와영이는 생수를 조용히 따서 한 모금 마셨다.

학회장님이 세미나실 문을 닫는 듯하였다. 그러곤 앞좌석에 앉았다. 마이크에다 대고 말하기 시작했다.

"지금부터 미생물학회가 시작됨을 알립니다. 미생물은 여러분도 아시다시피 눈에 보이지 않는 생물입니다. 우리 학회의 목표는 여러분이 연구하는 과제 중 아직 연구가 미흡한 지구의 생물들에 관하여 얘기하고자 합니다. 바이러스는 지구의 모든 것을 정지해버릴 듯 활기차게 움직이고 하죠. 유치하죠. 이 작은 생물이 많은 영역을 차지한다는 것이. 지금부터 저의 과제부터 얘기하고자 합니다.

바이러스는 대개 생활사를 거칩니다. 몇 년 전에 유행했던 코로나 바이러스는 대단한 번식력을 가졌습니다. 우리는 이 바이러스를 이기지 못한 듯합니다. 바이러스가 기생을 목표를 두고 있는 것 때문이겠죠. 와영 학자님이 한 말씀 해 주시죠."

"네, 바이러스는 여러 생활사를 가집니다. 저의 자료에 의하면 미생물학자로서 바이러스와 합의점을 찾는다는 거죠. 서로에게 그침이 있는 것이나 인간이 합의점을 찾지 못한다면 이 생물은 인간을 수도 없이 괴롭힐 겁니다."

"그럼 연이 학자님이 한 말씀 하시죠."

"네, 바이러스를 단계적으로 보면 아직은 이 바이러스들이 정신을 못 차린 듯합니다. 자기와의 싸움에서 승리만을 가져간다는 사실이 미흡한 점을 남길 뿐입니다. 싸움에서는 이기는 게 목표가 아니죠. 저의 과제에 의하면 흔적을 남긴다는 것입니다. 앞으로도 발생할 수 있는 창궐에 대해서 이들은 인간을 상대로 또다시 아픔을 줄 것입니다."

"아픔이란 게 뭐죠?"

학회장님이 물었다.

"잘못을 알면서도 저지르는 것이죠."

"허, 그런 아픔이 있었나요."

와영이와 연이는 어느 횟집에 들어갔다.

"속이 후련하네."

연이가 물을 마셨다.

"요즘 시대에 주제거리라니, 모를 일이야. 세미나 어땠어?"

와영이가 물었다.

"걱정이지. 모를 일을 미리 예측해야 하니까."

"그건 나도 그래. 바이러스를 상대로 인간이 대적해야 하니. 아니 바이러스가 대적하는 것으로 해석해야 되나."

"언니, 바이러스는 인간이 아니야."

"왜?"

"아 글쎄, 바이러스가 팬데믹으로 일어나지 않나. 잠적만 하지, 퇴치가 되는 게 아니라는 거잖아. 어쩌면 무서운 일일 수도 있어."

와영이는 회를 먹으면서 말했다.

"연이야, 나 연구 중인 게 있어."

"언니, 회 먹으면서 얘기해. 요즘은 세월이 빠르다 하여도 언니와 나는 벌써 3세기의 사람이야. 300살이 다 되어가지. 애들은 알는지 모르겠네. 3세기의 사람을…."

와영이는 엄마를 생각하며 젓가락을 들었다.

진주

진주 2

사랑이는 진주의 사진을 지갑에 넣고 다녔다. 사랑이의 첫째 딸인 진주는 서울의 병원에 다니고 있다. 병원장으로 근무하는 진주는 바쁘기 그지없었다. 항상 바쁜 처지라 진주는 딸들에게 소홀했다. 딸들은 각각 서울의 동네병원을 운영하고 있다.

진주의 첫째 딸은 우울하여 정신과 약을 먹고 있다. 할아버지와의 관계가 썩 좋지 않기 때문이다. 사랑이는 첫째 손녀를 잘 대해 주지 않았다. 어릴 적 진주와 사랑이가 의대에 가는 걸 반대했기 때문이다.

첫째 손녀는 열심히 공부하였다. 그러나 사랑이는 손녀에게 학비를 주기는커녕 병자 취급을 하였다. 진주의 첫째 딸은 참 착한 딸이었다. 할아버지가 자신을 무시하기 전까지는….

진주는 그영이에게 전화를 걸었다.

"아줌마, 제가 김천에 한번 갈 것 같습니다."

"오냐, 병원 일은 바쁘지가 않니?"

"예, 그래도 가끔씩 시간을 내고 있습니다. 엄마는 아빠와 함께이니 가끔씩 전화만 받습니다."

"너희 가족은 똑같구나. 전화를 받기만 하니."

그영이는 사랑이가 우스웠다. 순진해도 되게 순진하기 때문이다.

"내가 공원 정자에 있으니 거기서 보자꾸나."

"네. 아빠는 아줌마를 가까이 있어도 안 본다는데 어찌 아줌마도 아빠를 만나지 않으세요?"

"사랑 씨는 지구에 와서 만난 적이 있었는데 사진 한 장만 주고 가더라. 자신의 사진이라며."

"아빠가 그럴 분은 아닌데 저에게도 가끔씩은 냉정하죠."

"그럴 사람이라고는 알고 있었어. 아빠를 너무 미워하지는 말아라."

"네, 그래야죠."

진주는 그영이에게 아빠 얘기를 잠시 하였다.

"저를 낳으시고 엄마를 미워했답니다. 그래서 저는 철이 들기를 원했고요. 함께 사는 게 꿈이었습니다. 그런 저는 아빠 사랑을 어릴 적에 받지 못한 것 같습니다."

"그래, 아빠는 제3의 별에서 살았었지. 네 탓은 아니란다."

"네, 아줌마. 김천에서 뵙겠습니다."

"오냐 끊는다."

진주는 와영이에게도 전화를 걸었다.

"언니 요즘 바빠?"

"안 바빠. 시간은 나는 거니?"

"언니 어머니를 만나보려구."

"엄마? 엄마는 왜."

"아줌마를 한번 만나 봐야 할 것 같아서."

"음, 그래 만나야겠지. 네가 의대 가는 걸 많이 도와주었으니까."

와영이는 진주에게 엄마를 만나거든 아빠 얘기는 하지 말아 달라고 말해 주었다. 진주가 와영이의 엄마를 만난다는 건 아빠 얘기를 하고 싶어 하기 때문임을 와영이는 알고 있었다.

진주는 27일 저녁, 기차를 타고 내려왔다. 그리고 호텔에 잠시 머물렀다, 아침이 될 때까지. 진주는 터미널까지 택시를 타고 왔다. 마트에서 두부와 감자 5개를 사고 은행에 잠시 들렀다. 그리고 팝송 한 곡을 스마트폰으로 들었다.

돈 포켓 투 리멤버 미.

365일 코너에서 공원까지 걸었다. 정자가 보였다. 어느 분이 정자에 앉아 계셨다. 진주가 다가갔다.

"아줌마."

"어."

"저예요, 진주."

"어, 진주구나. 바쁜데 왔구나."

"많이 바쁘진 않았어요."

"그래, 앉거라."

"아줌마, 여기 두부하고 감자 좀 사 봤어요. 아줌마가 좋아하실

4부 진주 117

것 같아서."

"너는 다 알겠구나. 너에 대해서. 아빠는 네가 이 세상에 온 걸 많이 아파했단다. 네가 클 때까지는 몰랐어. 그리고 엄마를 무척 사랑하더구나. 날 찾지도 않았지. 난 그동안 와영이를 낳고 제대로 속마음을 드러내어 놓은 적이 없구나. 너에게 선물로 줄 게 있단다."

그영이는 조그만한 상자를 주었다.

"받아 두거라. 그리고 자주 오렴. 보고 싶으니…."

진주는 조그만 상자를 받고선 마트에서 사 온 캔커피를 그영이에게 하나 건넸다. 그영이는 캔커피를 받자 꼭지를 따곤 훌쩍 마셔 버렸다. 진주는 하나 남은 캔커피도 마저 주었다. 그영이는 받자마자 캔커피를 땄다.

"너도 좀 먹으렴."

"네."

"이상도 하지. 네가 이 세상에 왜 왔는지. 그리고 다영이도…."

그영이는 천천히 자리에서 일어섰다.

"진주야, 내 집에 가자꾸나. 가서 밥이나 먹자꾸나."

그영이는 진주의 손을 잡고선 집으로 향했다.

"오늘은 우리 집에서 자고 가. 다영이도 올 테니."

진주는 캔커피를 들고 있었다. 마시지 않을 모양이었다.

"진주야, 커피 마셔."

진주는 그영이의 말에 커피를 훌쩍 마셨다.

"아줌마는 커피를 좋아한단다. 진주가 생각하는 거보다 더. 커피가 인생을 말해주더라, 쓴맛에 대해. 그래서 달고 쓴맛을 많이 보는 거지. 이러지 않으면 너와 나의 인연도 있겠니? 그리고 난 아직도 생리를 한단다. 왜 그런지 모르겠지만 며칠 전에 태몽을 꾼 듯해. 너도 알다시피 세상은 그리 흔한 것만은 아닌 것 같다. 진리도 알겠지만 여자는 우연에 지나지 않아. 하늘이 정해 주는 건지도 모를 일이야."

그영이는 아파트 문을 열었다. 다영이 언제 왔는지 현관에 신발이 있었다.

"다영아."

엄마가 다영이를 불렀다.

"엄마."

다영이가 현관 쪽으로 왔다.

"언니, 진주 언니!"

"다영아, 두부를 좀 구워 봐."

그영이가 말하였다.

"알았어, 엄마."

"진주야, 너는 내 방으로 가자."

그영이는 앨범을 가져왔다. 그리곤 진주가 보도록 앨범을 놓으며 표지를 넘겼다.

"이분은 나의 엄마, 아빠란다. 지금은 촌에 계시지. 그리고 이 사진은 이와영, 이 사진은 이다영, 이건 나란다. 젊었을 땐 나도 이뻤단다. 참 진주야, 내가 준 상자 풀어보렴."

진주는 상자를 풀어 보았다. 진주 목걸이였다.

"내가 걸어 줄게. 목이 참 예쁘구나."

그영이는 진주에게 진주 목걸이를 걸어 주었다.
"어울리구나. 진주 목걸이가."
두부를 다 구운 다영이는 가스불을 잠그고 그영이 있는 방으로 들어갔다.
"언니, 바쁠 텐데. 어떻게 왔어?"
"시간을 좀 냈어."
진주는 앨범을 한 장씩 넘겼다.
"어, 여기 언니 사진이 있네. 와영이 사진도. 어? 여기 진리 아줌마 사진도 있네."
다영이는 앨범을 뚫어지게 보고 있었다. 한 장씩 넘겨 보다 마지막 페이지에 사랑이 아저씨의 사진을 보았다. 다영이는 사랑이의 웃는 사진에 머쓱함을 느꼈다.
'엄마는 사진첩에 평범한 여성이었구나.'

진주는 기차를 타고 서울로 올라왔다. 아빠와의 추억들을 생각했다. 진주는 목걸이를 만지작거리며 서울역에서 내렸다. 많은 사람들이 시선을 주는 것 같았다. 진주는 그영이 아줌마와 아빠의 관계를 알고 있었다.

진리는 소설을 쓰고 있었다. 진리는 소설을 USB에 저장해 두었다. 『별들의 세계』란 소설이다. 인터넷서점에서 책 한 권을 시키며 이야깃거리를 생각하였다. 소설은 최소 다섯 달은 걸려야 완성되었다. 이번 신작에서는 화성의 이야기를 쓰고 있었다. 별들은 반짝였다. 우주에 대해서.

　사랑이에게 몸살이 찾아왔다. 열이 38℃를 넘겼다. 사랑이는 밥을 제대로 먹지 못하였다. 기침이 많이 나와서였다. 사랑이는 몸살이라 생각하며 대충 넘어설 작정이었다. 병원에서 주사를 맞고 열이 내려가는 듯하였다. 사랑이는 담배 피우기도 너무 어려웠다. 와영이가 아빠의 오래 가는 편두통에 의심을 가졌다. 사랑이는 집에서 누워서 지내는 날이 많아졌다. 진리가 그냥 넘어갈 병이 아니라며 병원에 가기를 권했다. 사랑이는 담배도 못 피울 정도가 되었다.
　"큰일났네, 오빠. 오빠가 담배를 피워서 그래. 그렇게 담배를 좋아하더니만."
　진리는 서울에 전화를 걸어 보기로 하였다.
　"진주야, 아빠가 많이 아프셔. 며칠 전부터 몸살이 났는데 기침이 그치지를 않아."
　"엄마, 아빠가 아프시면 서울에서 진찰 받아 보는 게 어때."
　"그럴까, 너도 한번 볼 겸. 서울에서 진찰 받을 수 있게 네가 신경을 좀 써 주렴."
　"그럼 병원에 오면 전화 줘요."
　"그래."
　진리는 와영이를 불렀다.
　"와영아, 내일 아빠 데리고 서울로 가자. 대학병원에 가서 진찰을 받으면 병명을 알 수 있을 거야."
　"아빠는 괜찮을 거야 엄마."

진리와 사랑, 와영이는 아침이 되어 KTX를 타고 서울로 갔다. 마스크를 한 사랑이가 불쌍해 보였다. 이때 진주가 있으니 안심이 되었다. 진리는 사랑이를 토닥여 주었다. 하지만 사랑이는 무반응을 보였다.

"오빠 괜찮을 거야. 진주가 있으니."

사랑이 가족은 서울역에 내려 진주의 병원으로 갔다. 접수를 하곤 진리가 진주에게 전화를 하였다.

"진주야, 아빠를 모시고 왔어."

"엄마, 내가 그리로 갈게."

진리는 진주를 기다렸다. 진주는 얼마 있지 않아 금세 내려왔다.

"엄마, 검사를 받고 입원을 하든가 할게."

진주는 아빠를 보았다. 사랑이는 목이 아파서 말을 하지 못했다.

"아빠, 괜찮을 거예요."

얼마 있지 않아 진료를 받았다. 진주는 결과가 나오면 얘기해 주겠다며 가족을 안심시켰다. 진주는 병원 일이 많아 가야 했다.

"진주야, 큰 병은 아니겠지?"

"엄마, 그건 검사를 받아봐야 알지."

"언니, 바쁠 텐데 가 봐."

진주는 엘리베이터 탔다. 진주에게 인사하는 사람들이 꽤 있었다.

"언니는 출세했어."

와영이가 말했다.

"어떻게 공부한 아인데. 너도 공부를 열심히 했으면 더 큰 병원에 병원장으로 있었을 거다."

진리가 말했다. 한참 후에 사랑이는 입원했다. 진리와 와영이는 사랑이의 병실에서 하루를 보냈다. 아침에 진주가 병실로 왔다.

"엄마, 아빠 데리고 김천으로 가세요. 특별히 병명은 없고요. 독감인 것 같아요. 따뜻하게 해주고 밥을 잘 드시면 나을 거예요."

"다행이네. 눈은 초롱하니."

진리가 말했다.

"여보, 나 집에 가는 거야?"

사랑이가 물었다.

"병이 없다잖아요. 꾀병이래요."

퇴원 수속 후 김천으로 내려왔다. 사랑이는 병원에서 타 온 약을 먹었다. 어느덧 사랑이는 편두통이 나은 듯했다. 그 후로 사랑이는 담배를 피우지 않았다.

"오빠, 시장 가서 장 좀 보고 와."

진리는 사랑이가 집에만 있는 것을 나무랐다.

"진리야, 뭘 사 오면 돼?"

사랑이는 되물었다.

"오빠, 그냥 공원에 갔다 오든가, 산책을 좀 해."

사랑이는 진리의 말에 조용히 집을 나왔다. 그리고 역으로 갔다. 편의점에서 캔커피를 사 마시고 동대구역 차표를 끊었다. 그리고 기차를 탔다. 사랑이는 잠이 밀려왔다. 잠시 눈을 감기로 했다. 기차는 달렸다.

대구는 사랑이의 옛 추억이 많은 곳이었다. 동대구역은 사랑이에게 안식을 주는 곳이었다. 사랑이는 동대구역을 지나 눈을 떴다.

"동대구역을 지났구나."

사랑이는 멋진 건축물들을 한참 보았다. 그리고 경산역에서 내렸다. 경산역을 나오니 산 쪽으로 나는 자동차가 눈에 보였다. 빌딩이 산기슭에 지어졌다. 50층이 넘는 빌딩이 산기슭과 역 주변에 무수히 지어져 있었다. 사랑이는 산기슭을 따라 나는 자동차를 탔다. 종점인 비슬산까지 가 보았다. 안식이에게서 전화가 왔다.

"사랑아, 뭐 하니? 오랜만이야."

"어 누나, 오랜만이야. 여기 오니 너무 신기하다."

"사랑아, 거기가 어딘데?"

"여기 비슬산이야."

"비슬산."

"응, 대구의 두 번째 명소 비슬산."

"혼자?"

"응, 여기는 빌딩이 산으로 지어져 있고 나는 자동차가 다녀. 처음 봐, 이런 곳은."

"말로만 듣던 경산에 갔구나."

"경산이 이런 곳인 줄은 몰랐네. 참 누나는 뭐 해?"

"잘 지내고 있어. 내 걱정은 말고…, 마누라는 잘 있지?"

"당근이지."

"헐. 나중에 시간 있으면 전화해."

"근데 누나는 항상 시간이 나는 거지?"

"그럼. 그럼 다음에 보자."

"어."

사랑이는 안식이와의 전화를 끝내곤 근처에 핫도그를 먹으러 갔다. 핫도그 두 개를 시키곤 편의점에 들어가 물을 샀다. 사랑이는 주변을 둘러보았다. 사람들이 북적여 산이 아닌 시내 같았다.

진리가 걱정이 되어 전화를 하였다.

"오빠, 어디야? 집으로 빨리 와."

사랑이는 비슬산에서 왔던 길을 되돌아갔다. 밤이 되어서야 사랑이는 집으로 들어왔다. 진주가 와 있었다. 사랑이는 큰방으로 향했다. 진리가 누워 있었다. 와영이 방에서 진주와 와영이가 이야기하고 있었다.

"아빠가 폐렴이라구. 흠."

와영이는 한숨을 쉬었다.

"그럼 난 서울로 다시 올라가야겠어. 아빠를 잘 보살펴 드려."

진주는 와영이 방을 나오며 큰방으로 갔다.

"아빠, 대구 갔다 오셨다구요."

"잠시 갔다 왔을 뿐이지."

"그래요, 재미있게 놀다 오셨어요?"

"그래, 넌 바쁘지 않니."

"네, 바빠도 시간은 있어요. 냉장고에 고기를 넣어두었으니 구워 드세요."

"그래 알았다."

진주는 와영이 방에 다시 들렀다.

"그래 와영아, 수고 좀 해줘."

진주는 와영이 방을 나와 큰방에 들렀다.
"저 갑니다. 아빠 엄마."
"그래, 다음에 보자."
"바쁠 텐데."
진리가 몸을 뒤척였다. 진주는 집을 나와 서울로 향했다.

와영이는 사랑이를 위해 고기를 구웠다. 상추와 마늘 다 진주가 사 온 것이었다. 사랑이는 와영이가 내미는 쌈을 "아~" 하고 받아먹었다.
"아빠, 오늘 어디 갔다 왔어?"
"비슬산에 갔다 왔어. 처음 봤어. 글쎄 차가 날아다니질 않니."
"아빠는 그런 곳을 좋아하나 봐."
"취미겠지. 현대사회에서."
사랑이는 와영이에게 답변해 주었다. 와영이가 주는 고기 쌈을 하나씩 받아먹었다.
아침이었다. 고추와 된장이 식탁에 올라왔다. 사랑이는 고추를 덥석 잡아서 밥과 함께 먹었다. 와영이는 사랑이에게 물을 건네며 말했다.
"아빠 많이 드세요."

와영이는 안식이 사는 공원길에 놀러 갔다. 부곡동에 벤치가 많은 길이었다. 재건축 아파트가 공원길로 조성되었다. 벤치와 정자가 많았다. 여기까지가 김천의 시내였는지 여태 몰랐다. 안식은 옛

적부터 이곳에서 살았다. 와영이는 안식에게 시원한 주스나 사 드릴까 싶었다. 이곳에 오면 아줌마를 만날 수 있었다. 가게에 가서 망고 주스 캔을 6개 샀다. 와영이는 아줌마가 계시는 곳에 가 보았다. 안식은 공원에 비리를 데리고 나왔다. 목줄은 없어 보였다. 이곳은 동물의 낙원인 듯하였다. 와영이는 참새가 넘나들고 동물이 오고 가는 벤치공원에서 안식에게 인사하였다.

"아줌마, 안녕하세요. 여기 계셨네요."

와영이는 강아지 간식거리를 사 왔다.

"아줌마, 강아지를 잘 돌보시네요. 아이~ 예뻐라. "

와영이는 강아지에게 소시지를 주었다.

"그렇게 배고프게 돌아다니더만 괜찮은가 보네. 잘 먹네."

강아지는 소시지 하나를 먹어 치웠다. 와영이가 가져온 플라스틱 용기에 물을 따라 주었다. 와영이는 한참을 가만히 있었다. 안식은 강아지의 등을 만져 주었다. 강아지는 좋은 듯 혀를 내밀었다. 와영이가 손을 내밀자 강아지가 핥아 주었다.

"얘 애들이 동물 고아원에 있는데 얘는 그런 관심은 안 갖나 봐요. 다른 동물들은 자기 애들한테 애정을 갖는다는데. 대단해…."

"참, 아줌마. 아빠하고 친하시다면서요."

와영이가 조용히 물었다.

"별 사이도 아니야. 그냥 아는 동생이야."

"그렇군요. 동물을 사랑하시나 봐요."

"동물은 의리가 있어. 너는 모를 거다."

안식은 비리의 등을 쓰다듬으며 침묵을 지켰다.

"넌 미생물을 전공한다면서, 뭔가를 해낸 게 있니?"
안식은 궁금하다는 듯이 물었다.
"저 연구원에는 가끔씩 가고요. 집에서 자료를 뽑아 모아두고 있습니다."
"미생물이라면 사랑이가 잘 알 텐데 여러모로 물어보지 그러니?"
"아빠는 그런 말 안 한 지 오래되었습니다. 그리고 집에서는 거의 소설책만 읽거든요. 그리고 엄마가 책 한 권을 낼 것 같습니다. 제목이 별에 대해선가. 제가 어릴 때는 화성에 살았거든요. 엄마가 진로를 선택해 줬고요. 전 연구 발표할 것을 생각 중에 있습니다. 화성에서 미생물들이 살 수 있는 조건인지."
"얘야, 화성에 생물이 살지 않니. 특별이 무엇이 필요하다고."
"네. 그렇긴 하죠. 그래도 저의 과제이니 최선을 다하고 있습니다."
와영이는 생각에 잠겼다.
"그래, 화성은 그래도 지구와 다르니 연구할 부분은 많을 게다."
안식과 와영이는 비리를 보면서 토닥여 주었다.
"아줌마, 미생물은 진화하는 부분이 있어요. 안 그럼 화성은 지구의 거름을 계속 지원받아야 될 걸요."
"그래, 화성이 지구와 다르니 진화하는 부분이 있기도 하지."
안식이 맞다는 듯이 말해 주었다.
"그래, 날 만나러 온 이유는 있을 텐데."
"네, 아빠께서 폐렴이랍니다. 가끔씩 기침을 하고요."
"그 사람 놀래키네. 자기 병을 자신이 고치던 사람인데."
"네. 아빠는 약한 분은 아니었죠."

와영이는 아줌마를 왜 만나야 했는지 말했다.

"아빠는 잔병이 많습니다. 옛적에 아줌마가 많이 챙겨 주셨다고요. 언니가 가끔씩 얘기하세요."

"그래, 언니는 잘 있니?"

"네, 서울에 병원장으로 있습니다."

"음 알겠구나. 난 말이다 오래 살다 보니 너희 아빠 생각이 많이 나는구나. 안부나 좀 전해 줘. 그리고 비리도 잘 있다고."

"네."

안식은 비리를 데리고 집에 가려고 했다.

"아줌마, 자주 찾아 뵐게요."

와영이는 아줌마의 뒷모습을 보며 아빠를 생각했다.

진주

그영이의 임신

다영이는 진주로부터 머냥이 인형을 선물로 받았다. 울보 모양을 한 머냥이 인형은 귀여웠다. 다영이는 그 인형을 거울 위에 걸어 두었다. 그영이는 세수를 하고 수건으로 얼굴을 닦았다. 욕실에서 나와 거실 큰 거울 앞에 섰다.
"이게 뭐야?"
그영이는 인형을 들어서 보았다.
"웬일이람."
그영이는 인형을 자기 서랍장으로 가져가 거기에 두었다.
"인형이 울보가 되었네."
그영이는 한참을 바라보다 서랍을 닫았다.
며칠 전부터 그영이는 뭔가가 자꾸 입에 당겼다. 식사량이 많아졌다. 그리고 생리를 하지 않았다. 그영이는 이상한 생각이 들었다.

며칠이 더 지나자 배가 불러 왔다.

"배가 왜 이렇담? 임신은 아닐 테고 이상하기도 하지."

그영이는 낮으로 잠이 많이 왔다.

"아이 배고파."

그영이는 나물에 밥을 비벼 먹었다. 그제서야 배가 불렀다. 배를 만져 보았다. 큰일 난 듯싶었다. 이상한 기분이 들어 병원에 가 보기로 하였다.

"선생님, 무슨 병인지 알 수 있을까요?"

"아무래도 산부인과로 가셔야겠습니다."

"네에? 설마."

그영이는 산부인과에서 초음파 검사를 받아 보았다.

"임신입니다."

"네에~ 내 나이가…."

'설마가 사람 잡는구나. 240살에 아기를 가지다니.'

그영이는 병원을 나와 집으로 향했다. 집에서 곰곰이 생각을 하였다. 그리고 사랑이에게 전화를 걸었다. 사랑이 전화를 받았다. 그영이는 놀라서 전화기를 놓치고 말았다. 그리고 전화를 끊었다. 다영이가 올 시간이었다. 그영이는 쑥스러워 집을 나왔다. 거리를 좀 걸었다. 다영이는 엄마가 집에 안 계신 걸 알고 전화를 걸었다.

- 띠리리 -

그때 그영이가 현관문을 열고 들어왔다.

"엄마, 어디 갔다 왔어? 그리고 엄마 살 좀 빼야겠어. 배가 너무 나왔어."

4부 진주

그영이는 아무 말 없이 방에 들어가 누워 버렸다.

'이상하네. 왜 그러지?'

밤이 되자 그영이는 밥을 비벼 먹었다. 다영이가 방문을 열고 조용히 나왔다.

"엄마, 배고파."

그영이는 다영이를 무시하고 또 방으로 가서 누워 버렸다.

'왜 저러시지?'

다영이는 방으로 다시 들어갔다. 아침이 되었다.

"다영아, 다영아"

엄마가 한참을 불렀다. 다영이는 벌떡 일어나 엄마 곁으로 갔다.

"엄마."

"나 임신이란다. 다영아."

엄마는 흐느끼기 시작했다. 다영이는 어이가 없다는 듯 한참을 멍하니 있다가 말했다.

"엄마, 병원 가자."

"벌써 갔다 왔어. 그리고 초음파 사진 가져왔어."

엄마는 진정하며 말했다.

"어이가 없네. 어쨌든 축하해, 엄마."

그영이는 가방 속 초음파 사진을 꺼내었다.

"정말이네. 엄마 내 동생이야! 200살이 넘었는데 동생을 갖게 되다니. 엄마 아기 낳을 거야?"

"낳을 거야. 너는 모를 거다. 너의 아빠에 대해서."

"모르면 모르는 거지. 근데 기분이 묘하네. 동생이 생긴다는 게."

"이름을 뭐라 지을까?"

"보배로운 일이네."

"그렇지. 보배로운 일이야."

엄마는 한숨을 쉬었다. 그러곤 또다시 방으로 가서 누워 버렸다. 꿈을 꾼 듯하였다. 참 달콤한 꿈을 꾸었다. 그리고 한참을 잠들었다.

과제

와영이의 귀중한 자료

와영이는 서랍에 넣어둔 자료를 꺼내어 보았다. 수집한 자료들을 정리해 보았다. 대구 연구원에 가기로 하였다. 밤새 자료들을 들추어 보았다. 와영이는 이 자료가 새로운 학설이 될지, 들뜬 기분이었다. 진리와 얘기를 나누었다.

"엄마, 이번에 제출할 가설이 맞다면 학설이 될 수 있을 거야."

"오냐, 난 모르겠구나. 가설이라구?"

엄마는 보는 듯하다 자료를 넘겨 주었다.

"그래, 와영이는 똑똑하니까 학설이 될 수 있을 거야."

와영이는 설레는 마음으로 대구로 향했다. 진리는 그영이의 전화를 받았다.

"어엉? 언니가 임신을 했다구?"

진리는 한참 그영이의 말을 들었다.

"진리야, 그럼 다음에 보자."

진리는 그영이와의 통화를 끝냈다. 진리는 멍하였다. 그리고 웃음이 나왔다.

"임신이라니."

진리는 텔레비전을 켰다. 생각이 많아졌다. 진리는 누워 버렸다.

와영이는 연구원에서 연구를 하였다.

사랑이는 동대구역에 자주 갔다. 음료수를 마시며 늘 늦은 오후쯤 돌아왔다. 진리에게서 전화가 왔다.

"오빠, 그영이 언니가 임신을 했대."

"뭐라구? 임신을 했다고?"

사랑이는 믿기지 않았다.

"거참 별일이네. 웬일이래. 지금은 알 것 같네. 우연이 아니란 걸. 그래, 진리야. 집에서 보자."

사랑이는 집으로 오고 있었다. 진리가 한참을 웃으며 설거지를 하였다. 밥을 해놓고선 방으로 들어갔다. 사랑이가 현관문을 열며 들어왔다.

"진리야."

사랑이는 진리 방문을 열며 물었다.

"그영 씨가 임신을 했다구."

"그렇대, 글쎄 임신을 다 하구."

"이제야 알 것 같구나. 무슨 일인지. 진리야 나 밥 줘."

"밥은 해놨어. 반찬은 냉장고에 있고."

"어이구 내가 속았구나."

사랑이는 밥을 챙겨 먹어야 했다.
"그런데 와영이는 어디 갔어?"
"와영이 대구에 갔어. 연구원에."
"언제쯤 온대?"
"모르겠어. 일이 끝나야 오겠지."
"무슨 일?"
"가설을 입증하려고 자료를 들고 갔어."
"그래. 와영이는 잘할 거야."
사랑이는 천천히 밥을 먹었다.

다영이가 엄마에게 의심스러운 듯 물었다.
"엄마, 남자는 언제 사귄 거야?"
"너는 몰라도 된다. 어쩐 일인지."
"맞구나, 남자 사귄 거."
"어이구 이럴 땐 때려주고 싶네."
"흐흐흐 우습다. 엄마 보니."
"다영아, 물 좀 갖다 줘. 약 좀 먹게."
"무슨 약?"
"영양제 먹으련다."
와영이는 냉장고로 가서 물을 가져와 컵에 따라 드렸다.
"엄마 축하해."
"뭘."
"내 동생."

다영이는 자기의 방으로 가 버렸다.
"동생이 생긴다니 샘통 나지."
그영이는 베개를 베곤 누워 버렸다.

와영이가 며칠째 연구를 수행했다. 드디어 가설을 완성하였다.
'화성의 땅에 거름을 주지 않고도 세균에 의해 식물이 자랄 수 있다.' 화성처럼 추운 별에서 열을 내는 세균을 섞어서 식물에 물을 주면 나중에는 세균이 물을 공급하는 방식이었다. 열을 내는 세균을 식물 뿌리에다 주면 추운 화성의 땅속에서 물이 생긴다는 것이다. 연구과제도 마쳐 갔다. 세균이 물을 만드는 과정도 보았다.
와영이는 만족하였다. 그리고 와영이 언니에게 전화를 걸었다.
"언니, 내가 논문 과제를 수행했어. 논문 자료를 언니 학회에 보내서 발표하고 싶은데, 잠시 만날 수 있을까?"
"그래, 자료를 보내. 그리고 여기로 좀 와. 얼굴 좀 보게."
와영이는 학회에 자료를 보내곤 와영이 언니를 만났다.
"언니, 수고가 많아요."
"그래 너도. 커피나 한잔할까?"
"그래요, 언니."
"우리 어릴 적부터 항상 함께였지."
"네."
"다 하늘이 도운 거야. 넌 어떻게 생각해?"
"저도 그래요. 다 하늘이 도왔죠."
"그래."

와영이 언니는 와영이에게 커피를 건넸다.
"하나님이 우리를 얼마나 사랑하면 너와 내가 이렇게 만났겠니."
"……."
"고마워 와영아. 너와 내가 함께한다는 건 축복받을 일이야. 그동안 고마웠어. 와영아."
"언니도."
와영이는 언니와 함께 얘기를 나누며 커피를 마셨다. 와영이는 왜 이름이 와영이여야 했는지 언니를 통해 알 것 같았다. 언니도 왜 와영이인지 새삼 깨달았다. 주위는 밝은 전등불이 비추었고 밖은 점점 어둠이 다가왔다.

진리가 동물 고아원에 가기 위해서 아침부터 준비하였다. 사랑이는 채소를 된장에 찍어 먹으며 아침을 챙겼다. 사랑이는 담배가 피우고 싶었다. 그러나 생각만 할 뿐 물을 마시며 한숨을 쉬었다.
"오빠, 왜 한숨을 쉬어?"
"아니다."
사랑이는 방으로 갔다. 진리는 화장을 하고 냉장고로 가서 물을 꺼내어 마셨다.
"오빠, 나 나갔다 올 테니 분리수거 좀 해줘."
그러곤 진리는 나가 버렸다.
사랑이는 텔레비전을 보고 있었다. 고르바초프 러시아 전 대통령께서 돌아가셨다고 한다. 고르바초프 대통령께선 러시아의 냉전시대를 종식시켰다. 그리고 노벨상을 받았다. 사랑이는 돌아가신 분을 애도했다. 마음이 아팠다. 사람이 영원히 살 수 있다면 이런 아픔은 없을 텐데. 사랑이는 뉴스를 보고 또 보았다.

"세월이 말해 주는 건 마지막이 있다는 것이구나."

사랑이는 모자를 눌러쓰곤 텔레비전의 전원을 껐다. 동대구로 가기 위해 집을 나섰다.

동물 고아원으로 가고 있던 진리에게 누군가의 전화가 걸려왔다.

"여보세요."

"언니, 나예요. 진이."

"어, 진이가 웬일로?"

"언니, 고르바초프 전 대통령께서 돌아가셨대."

"어 그래, 평화를 강조하시더니만 돌아가셨구나."

진리는 동물 고아원에 가려던 것을 포기하고 진이를 만났다. 진리가 먼저 도착하여 카페에서 기다렸다. 진이도 곧이어 왔다. 진리의 맞은편에 앉으며 말했다.

"언니, 와영이가 학회에 논문을 하나 제출하였다던데."

"응, 와영이가 논문을 완성하기 위해 연구원으로 갔지."

"응, 연이도 논문을 하나 제출했어. 언니."

"기대가 되는구나."

"학회 발표가 다음 달이래."

"응, 미생물에 관심을 많이 가지더니만 학회 발표만 남았구나."

"응, 애들이 잘하고 있는 거겠지."

"당연하지. 학자들이니."

"그래, 언니."

진이와 진리는 말없이 주스를 마시곤 카페를 나왔다.
"진이야, 다음에 보자."
"알았어요. 언니 다음에 봐요."
진리는 동물 고아원은 다음에 가기로 하였다.

진리의 소설이 완성되었다. 우체국을 가기 위해 아침부터 길을 나섰다. 출판사에 소설을 보내기 위해 원고 순서를 다시 한 번 살펴 보았다. 택배를 보내고 돌아오는 길에 슈퍼에 들렀다.

와영이가 집으로 돌아왔다. 사랑이의 건강상태가 좋지 않았다. 사랑이는 너무 방황하여 그럴 것이라 생각하였다. 진리는 사랑이의 허약한 심정을 나무랐다. 와영이는 아빠의 폐렴이 다 나은 게 아닌가 생각을 했다.
사랑이는 병원에서 MRI를 찍었다. 진리와 와영이는 사랑이의 검사결과를 기다렸다. 의사 선생님이 보호자를 조용히 불렀다.
"폐암입니다. 종양이 보입니다."
"이걸 어쩐대."
진리가 당황하였다.
"치료를 받아보시는 게 어떻겠습니까?"
의사선생님은 신중하게 말하였다.
"입원요?"
"네, 치료를 받아보시는 게…."
의사 선생님이 말하였다.

"생각해 보겠습니다."

진리는 사랑이에게로 갔다. 콜택시를 불러 집으로 갔다. 진주가 이 소식을 들었다.

"음, 아빠는 폐가 원래 안 좋으셨던 것 같은데. 아픔을 호소하기까지?"

"언니, 아빠는 입원을 안 하겠대. 그리고 치료도 받지 않겠대. 캔커피를 자주 마시고 된장에 고추만 찍어 먹으면서 걱정하지 말라는 말만 반복하여 말씀하셔."

"아빠는 고집이 세잖아. 아니면 한약을 지어드리자."

"어, 언니."

와영이는 한약을 지어 드리기로 하였다. 아침 밥상에 진리가 오이냉국을 해 주었다. 사랑이는 한약을 하루에 두 포씩 먹었다. 그리고 진리는 두부 요리를 자주 해 주었다.

사랑이는 기도를 드렸다. 감사한 마음을 하나님께 드렸다. 진리는 기도하는 사랑이의 모습에 이럴 때 감사함이란 마음이 왜 나오는지 의문이 갔다.

사랑이는 실내에서 운동을 했다. 사랑이는 배가 쓰렸다. 아무래도 탄산음료를 마셔서 그런 것 같았다. 사랑이는 아침마다 된장에 고추를 찍어 먹는 것을 오랫동안 해 왔다. 진리는 의심스러웠다. 사랑이가 캔커피를 여전히 마시기 때문이었다. 사랑이가 아프다고 말한 적이 거의 없어지는 듯하였다. 진리는 사랑이에게 병원에 가서 다시 검사를 받아보자고 하였다. 그러나 사랑이는 병원에 가지 않았다.

와영이의 논문 발표날이 다가왔다. 학회에서 논문이 발표되었다.

연이에게서 전화가 왔다.

"언니, 내 논문이 1등을 했대. 세균의 짜깁기 기술이 1등을 했다는 거야."

연이는 좋아서 어쩔 줄 몰랐다. 와영이는 3등을 하였다. 타당성이 떨어진다는 이유였다. 와영이는 연이를 축하해 주었다. 연이의 논문이 학회에 뜨기 시작했다. 연이는 학회에서 상을 받았다. 그리고 짜깁기 기술이 미생물에게 어떻게 작용하는지 밝힌 논문은 획기적이었다. 연이의 논문은 알려지기 시작했다. 그리고 과학 잡지에 실렸다.

와영이는 이번에 낸 연구논문을 더 깊이 연구하기로 하였다. 일단은 자료를 다시 수집을 하여야 하였다. 이번에는 세균의 분리에 대해 관심을 갖기로 하였다. 와영이는 집에서 책을 읽으며 보냈다. 최근의 생물학 책도 보았다. 세균의 이동성에도 관심을 가졌다.

와영이는 미토콘드리아에 관심을 갖기도 하였다. 미토콘드리아는 자가분해했다. 그리고 에너지를 생산하였다. 에너지에서 답이 있는지 궁금증을 갖기로 했다. 세균에는 미토콘드리아가 없었지만, 와영이는 세균의 미토콘드리아를 과제로 연구하였다. 그것은 세균 에너지의 답이 미토콘드리아에 있지 않을까, 하는 의문 때문이었다. 그렇게 와영이의 연구과제가 수행되었다. 그리고 화성에서는 미토콘드리아를 가진 세균이 존재해야만 했다.

와영이는 미토콘드리아의 생활사를 다시 알아보기로 하였다. 미토콘드리아는 분리의 법칙에 따랐다. ATP 삼 인산이 이 역할의 중요성을 가졌으며 많은 에너지보다 DNA의 중요성을 알아보기로 하였다. 역시 이 역할에는 비밀이 있었다.

진리 방에 가서 물었다.

"엄마, 에너지에 대해서 말인데. 에너지는 어디서 오는 거야?"

"에너지? 에너지는 순수한 열에서 온단다."

"그럼 역에너지는 있는 거야?"

"와영아, 에너지는 거꾸로 가지는 않는단다. 그리고 흐르고 있단다. 소모로 끝이 나는 거란다."

"그럼 역사는 왜 있는 거야?"

"역사는 후손이 조상을 기릴 때 비로소 있는 거란다."

"응, 알았어. 고마워, 엄마."

와영이는 방으로 갔다. 그리고 미토콘드리아의 에너지 역할을 보았다.

'그렇구나. 모든 것은 어디를 향해 흐르는구나.'

와영이는 연이의 자료를 보았다. 연이의 자료는 무언가를 기억하게 하였다. 와영이는 자료를 단순하게 보기로 하였다. 타당성은 있어 보였다. 세균의 생활사에서 자신의 연구에 해당하는 점이 와영이는 와닿았다.

사랑이는 『노랜드』란 책을 보고 있었다. 내용보단 시간이 잘 간다는 생각이 들었다. 휴식할 수 있다는 말이기도 했다.

출판사에서 진리의 책을 만들고 있었다. 진리는 여러 사람들이 자신의 책을 봐 주기를 바랐다. 진리의 책이 드디어 출판되었다. 진리는 자신의 책 5권을 먼저 사 두었다.

와영이가 진리의 책을 읽고 있었다. 소설을 엮어낸다는 게 와영이로서는 신기했다.

'엄마는 이런 사람이구나.'

와영이는 진리의 소설책이 좋았다. 읽고 또 읽었다. 별들에게 사랑이 왜 필요한지 와영이는 알 것 같았다. 진리는 소설책이 인터넷상에서 많이 팔려나가기를 기대하였는데 기대에 만족하지를 못했다. 판매처가 많기를 바랐으며 베스트셀러가 되기를 바랐다. 아마 그건 욕심이었는지도 몰랐다.

과제

입양

진리는 콩나물국에 밥을 말아 먹었다. 깍두기가 시큼한 게 맛있었다. 식구들의 아침을 챙겨 주었다. 사랑이와 와영이는 콩나물국과 깍두기, 고추와 된장, 김이 맛있게 보였다. 사랑이는 밥과 고추를 된장에 찍어먹고 딴 반찬은 신경 쓰지 않았다. 와영이는 콩나물국을 부지런히 먹었다. 아침은 이렇게 시작되었다.

진리는 진이와 카페에서 만나기로 하였다. 진리가 가 볼 데가 있으니 같이 가자고 하였다. 진이는 진리와 동물 고아원에 같이 가기로 하였다. 진이는 외곽지가 낯설다는 생각을 하였지만 군데군데 꽃 피운 식물들이 반겨 주는 듯하였다. 진이와 진리는 어느 건물에 들어갔다.

진리가 선생님과 대화를 나누곤 비니와 비영이를 다른 곳에 입양시키기로 했다. 진리는 서류를 작성하고 비니와 비영이를 만났다.

"얘들아, 내가 챙겨주지 못해서 미안하구나."

진리는 비영이와 비니를 쓰다듬었다.

"아줌마가 해줄 수 있는 것이 없구나."

면회를 마치고 선생님과 몇 마디를 나누었다.

"언니, 쟤들이 비리의 애들이야?"

"응, 입양절차를 밟았어. 다시는 못 보겠지."

진리는 진이에게 비니, 비영이에 대해서 얘기하였다.

"얘들은 새로운 사람을 만나야 돼. 비리가 쟤들을 낳았을 때부터 관심을 안 가졌어. 어쩌면 내가 쟤들을 키웠기 때문일지도. 그리고 비리는 방황을 했지. 집에도 가끔씩만 들어오고…."

"음, 언니. 입양을 보내는 게 마음 아프지 않아?"

"엉, 갈 길을 가는 거야. 더 좋은 곳으로."

"새로운 주인이 잘 보살펴 줄 거야."

진리와 진이는 동네길 을 걸었다.

"언니 꽃 핀 것 좀 봐. 이뻐."

"이런 곳엔 핀 꽃들이 이쁘긴 하지."

"언니, 어디로 갈 거야?"

진이는 물었다.

"일단 KTX역으로 가자. 같이 갈 거지?"

"응, 그런데 어디 가려구?"

"동대구역 가려구."

"언니, 동대구역에서 또 어디에 가는데?"

"버스 타고 대구대 종점."

"알았어, 언니. 저녁에 돌아올 거지?"

"아마 그럴 거야."

진리는 동대구역 차표 두 장을 끊었다. 대합실에 잠시 머무르다 기차를 탔다. 조용한 KTX 안이 진리와 진이의 대화를 자제하게끔 하였다. 기차는 동대구역에 정차하였다. 진이는 진리 언니를 따라갔다. 출구를 나오니 자판기 쪽에서 사랑이가 음료수를 빼고 있었다.

"오빠. 여기서 뭐 해?"

"어? 진리야, 여긴 웬일로."

"진이하고 대구대 가려고 하지."

사랑이는 진이를 바라보았다.

"안녕하세요."

"안녕하세요."

사랑이와 진이가 인사를 나눴다.

"오빠, 대구대 같이 갈 거야?"

진리가 물었다.

"아니, 여기 있다 집에나 가지."

"그래. 그럼 놀다 가."

진리는 진이에게 가자는 듯이 손짓으로 따라오라고 하였다. 진이는 꾸벅 인사를 하였다. 사랑이도 꾸벅 인사를 하였다.

진리와 진이가 정류장으로 걸어갔다. 택시가 많았다. 길 건너 버스정류장으로 갔다. 버스를 기다렸다. 대구대 가는 버스가 도착했다. 카드로 계산하고 버스를 탔다. 진이는 대구가 처음인 듯 구경했다. 한참을 가야만 하였다. 진리는 창쪽에 앉은 진이와 창밖을 함께 바라보며 이야기를 나누었다. 진이는 대구의 외곽지를 구경하였다. 대구 외곽지는 처음인 듯하였다. 한참 만에 버스는 종점까지 갔다. 진이와 진리는 편의점에 들렀다. 그리고 컵라면을 먹었다. 진리는 주스를 사 와 진이에게 건넸다.

"언니 풍경이 좋네."

"어 대구에 이런 곳이 있지."

진리는 라면을 후후 불어서 다 먹었다. 국물이 조금 남았다. 진이는 천천히 라면을 먹었고 조금 남겼다. 진리와 진이는 분리 수거하며 편의점을 나왔다.

"언니, 여기는 어떻게 알고?"

"많이 와본 곳이야. 오빠하고."

"여기서 집으로는 어떻게 가야 하나?"

진이가 물었다.

"일단 시내로 가자."

진리가 말하였다. 그리고 버스를 탔다. 경산 쪽으로 향하는 버스를 탔다. 진이는 졸고 있었다. 진리는 뜬눈이었다. 그리고 반월당에서 내렸다. 진이는 진리를 따라 동전노래방에 들어갔다. 천 원을 넣고 진리가 '돈 포켓 투 리멤버 미'란 노래를 첫 곡으로 불렀다. 진이는 '뮤직음악'을 불렀다. 한두 곡을 서로 각각 더 불렀다.

동전노래방을 나와 대구역으로 갔다. 둘은 닭강정을 시켜 먹었다. 진이는 피곤했다. 차표를 끊고 김천역까지 오는 데 진이는 잠만 잤다. 버스를 갈아타고 진이는 집으로 갔다.

다음 날 진이는 진리에게 전화했다.

"언니, 어제 내가 언니하고 놀아주지 못하고 잠만 자서…."

"뭐 다 그런 거지."

진리는 탓하지 않았다. 진이는 진리 때문에 대구 구경을 한 것이었다. 진이와 전화를 끊었다.

진리는 다른 소설을 쓰기로 하였다. 와영이 방에 자주 갔다. 와영이는 책읽기를 좋아하였다. 와영이는 서재에 있는 책을 부지런히 읽었다.

진리의 가족은 승용차를 이용하지 않았다. 되도록이면 대중교통을 이용하였고, 택시를 많이 탔다. 사랑이가 운전은 사고능력이 있어야만 하는 것이라며 가족이 운전하는 것을 반대하였기 때문이었다. 가족도 되도록이면 대중교통을 이용하여 왔다.

사랑이는 동대구역에 자주 갔다. 그곳에서 지내는 게 꽤 오래된 듯하였다. 저녁이면 집으로 왔으며 진리는 사랑이를 간섭하지 않았다. 사랑이가 웬일로 햄버거를 여러 개 사 왔다.

"아빠, 햄버거가 맛있네."

"아빠가 가족을 위해 사 온 것이란다."

진리가 말하였다. 사랑이가 덧붙였다.

"나중엔 이 아빠가 피자를 사 올게."

"아예 치킨이나 순대를 사 오지."

진리가 사랑이를 의식하며 말하였다.

"하하, 다들 먹보긴 먹보구나."

사랑이는 말하곤 웃었다.

"아무거면 어때."

와영이가 아빠 편을 들어 주었다.

"그렇지 그렇지, 와영아."

사랑이는 와영이를 보며 기분이 좋다는 듯 말하였다.

"우리 딸은 좋아하는 메뉴가 뭐야?"

"엄마, 난 그냥 아빠가 사다 준 음식이 다 맛있어."

"그래, 와영이는 아빠가 사다 준 음식을 좋아하는구나."

진리가 햄버거 하나를 더 건넸다. 와영이는 햄버거를 받고 먹기 시작했다.

"배불러서 못 먹겠네."

와영이는 햄버거를 쟁반 위에 놓았다. 사랑이는 두 개째 먹고 있었다. 그리고 사 온 콜라를 식구들이 나눠 마셨다.

"엄마, 비니와 비영이는 어떻게 됐어?"

"비니와 비영이 입양하기로 했단다. 새 주인을 만나겠지."

"음 그렇게 되었구나. 동물 고아원에 있더니만. 결국엔 입양이네."

와영이가 근심 어린 눈으로 콜라를 마시며 잔을 비웠다. 사랑이가 한마디 하였다.

"결국 그렇게 되는구나."

사랑이는 텔레비전으로 눈길을 돌렸다.

"오빠, 토끼 키운 적 있었지?"

"응, 토끼를 키웠지."

"아빠, 토끼 언제 키웠어?"

와영이가 궁금해서 물었다. 사랑이는 별말 없이 텔레비전을 보았다. 사랑이는 안식이 누나를 생각했다. 그리고 그때의 토끼를 기억했다. 안식이 누나는 토끼를 무척이나 아껴 주었던 것 같았다. 사랑이는 창밖으로 어둠을 바라보았다.

"밤이구나."

사랑이는 밤하늘에 별이 있는지 보았다. 밤하늘은 별을 가리고 있었다. 사랑이는 큰 숨을 내쉬었다.

진리는 그 모습을 보고만 있었다.

과제

진리의 사랑

　진리는 연이와 시내의 어느 카페를 자주 갔다.
　진리는 지나온 날이 아쉽기만 하였다. 사랑이 지갑 속엔 진주와 와영이의 사진이 차지하고 있었다. 사랑이가 동대구역에 자주 간 이유가 있었던 것 같았다. 진리는 그런 사랑이를 간섭하지 않았다.
　진리는 진이에게 화성에서의 일들이 생각나냐고 물었다. 진이는 그때의 생각은 안 하는 게 좋을 것 같다며 진리의 근심을 걱정하였다.
　진리는 진이와 헤어지고 집으로 올 때, 화성에서의 사랑이와 있었던 일을 기억해 보았다. 딱 200년 전 일이었다. 진리는 걱정이 되었다. 사랑이는 그 후로 지구를 떠나지 않았다. 진리는 사랑이의 모습을 지켜볼 뿐 별다른 말은 하지 않았다. 사랑이는 지구에서 아기를 키우며 애들을 대학교까지 보내 주었다.
　와영이는 결혼을 하지 않았다. 그렇다고 아기를 낳은 것도 아니었다. 와영이는 엄마 아빠를 사랑하였다. 지구에서 늘 해왔듯이 와영이는 엄마 아빠의 비밀을 차츰 알 때쯤 몰래 성당에 가끔씩 나갔다. 수녀로 될까 하는 마음도 있었지만 그 마음을 가질 때쯤 와영이는 성당에 나가질 않았다.

대신 안식이 아줌마를 가끔 만났다. 아줌마가 제사를 지낼 때 함께 있어 주었다. 와영이는 혼자 계시는 아줌마를 위해서 집에도 들러 얘기를 나누었다.

와영이는 김천이 어떤 도시인지 알 것 같았다. 그 후로 와영이는 결혼을 하지 않아도 삶이 무엇인지 알 것 같았다. 첨단시대에 사는 와영이는 지구에 무엇이 필요한지, 어떤 사람이 되어야 하는지 깨달았다. 와영이는 미생물학을 전공하였다. 무엇보다 와영이는 책을 많이 읽었다. 책 속에 비밀이 있기 때문이었다.

엄마는 와영이의 마음을 알고 있었다. 그런 와영이를 아빠처럼 모른 척하였다. 진리는 약한 여자가 아니었다. 어떤 사랑이 자신의 사랑인지 알았고, 진리는 평범하게 살았다. 세상은 변해갔다. 그런 진리에게 변하지 않았던 것이 있었다. 그것은 마음이었다.

씁쓸한 마음을 가질수록 진리는 내면적인 일을 생각해 왔던 것이다. 사랑이를 외향적인 사람으로 바꿀 정도로 진리는 내면의 마음을 지켜온 것이다. 그것이 바로 여자였다. 여자는 약하게 살아서는 아니 되었다. 지켜주지 못하는 마음은 너무 아프다. 진리는 내면적인 세계에서 누군가를 지켜야 된다는 것을 알고 있었다. 그래서 진리는 안을 택한 것이었다. 안으론 지킬 수 있는 것이 많기 때문이었다.

멀리 있다는 건 그만큼 손에 닿지 않는 일이며, 지킬 수 있는 마음이 멀리 있다. 진리는 사랑이 이 세상을 판단한다고 생각하였다. 이성의 사랑이 아닌, 이상의 사랑이 꿈을 꾸며 현실을 열어주기 때문이었다. 진리는 사랑을 택하였다. 함께 있어주는 그 사랑을 진리는 택하였던 것이었다.

사랑이는 진리에게 소홀하였다. 그래도 진리가 하는 일이라면 아닌 것 같다면서도 다 들어주는 그런 남자였다. 진리가 와영이를 낳고서 지구로 왔을 때 사랑이는 와영이에게마저 소홀하였다. 사랑이의 사랑이 왜 모순적인지 알 수는 없었다. 그래서 진리는 사랑이를 괴롭혀 왔다. 그러다가 그게 사랑인 것을 깨달은 것이다. 사랑이가 가족에게 소홀하다고 하여도 그건 소홀했다기보다는 가족에 대해 최선을 다하는 일인지도 몰랐다. 진리는 그런 사랑이를 주시하였다. 가족은 모른 척해 주고 눈감아주며 화목하게 사는 것이 사랑이 아닐까라고 진리는 생각했던 것이었다. 그런 사랑이도 진리를 따라 주었고, 와영이도 따라 주었다.

진주는 진리의 친정집에서 살았다. 진리는 함께 살고 싶었지만 사랑이가 친정에서 살기를 더 바랐던 것이다. 그래서 진주는 아빠의 사랑을 많이 받지 못한 듯하였다. 그러나 진주가 아빠의 마음을 이해할 때쯤 진주는 가족에 대한 애틋함을 배웠다. 진주는 진리의 엄마 마음을 알아가며 살기를 더 바랐던 것이다.

진주가 의대에 갈 때는 아빠의 도움을 받지 못했다. 그영이 아줌마와 친하면서 비밀을 알았으며 그영이 아줌마가 의대에 가는 것을 도와주었을 때 가족을 미워한 적이 있었다. 진리는 진주가 이해심을 가지길 바랐다. 물질적이나 금전적으로 그영이 아줌마의 도움을 많이 받았기 때문에 진주는 아줌마를 무척 좋아했다. 와영이 언니, 다영이와도 많이 친하게 지냈다.

의대를 졸업하고 두 딸을 낳았다. 진리는 진주가 아기를 낳은 것을 비밀로 해주었다. 진주는 남자를 만난 게 아니었기 때문이었다.

칼국수

칼국수

다영이가 엄마에게 맛있는 걸 해주려던 차였다. 그런데 그영이는 배가 더 이상 불러오지 않는 것이 이상했다.

"다영아, 아기가 체구가 작을 것 같아 걱정이구나."
"엄마, 뭐든지 많이 먹어 둬야지. 임신했을 때는 특히나."
"왠지 자신이 없구나. 병원을 가봐야겠어."
"왜? 엄마."
"생리가 다시 하더구나."
"엄마! 유산된 거 아니야? 빨리 병원에 가자."
다영이가 소리쳤다.

"유산입니다."
의사가 말했다.

"네, 그렇군요."

그영이는 예상을 했다는 듯 현실을 받아들였다. 와영이가 소식을 듣고 집에 왔다. 와영이는 소고기와 밀가루를 사 왔다.

"참 와영아, 오늘 메뉴가 뭐니?"

"칼국수."

"어, 네가 해주는 칼국수 먹어보자꾸나."

와영이는 반죽을 하고, 다영이는 육수를 끓였다.

칼국수가 완성되었다. 그영이는 칼국수를 맛있게 먹었다. 와영이와 다영이도 맛있게 먹었다.

와영이는 엄마의 등을 두드려 주고 있었다.

"와영아 됐다. 가거라 바쁠 텐데."

"엄마, 힘내세요."

"알겠다."

와영이는 등을 두드리다 그영이에게 물었다.

"엄마, 칼국수 맛있었어?"

"네가 해주는 칼국수가 더 맛있구나. 언제 한번 칼국수를 먹고 배탈이 났지. 넌 알겠니? 왜 배탈이 났는지."

"그야 엄마가 칼국수를 억지로 먹어서였겠지."

"아니야, 그 칼국수가 너무 맛있어서 배탈이 난 거야."

"엄마, 사랑해요."

"그래. 갈 때 김치 좀 가져가거라."

"알았어."

와영이는 김치냉장고에서 김치를 꺼내 보자기에 쌌다.

"엄마, 다음에 또 들를게."

와영이는 김치가 든 보자기를 들고선 현관문을 나섰다. 다영이가 현관문을 닫으며 방으로 갔다. 그영이가 다영이 방에 들렀다.

"다영아, 언니 보니까 어때?"

"언니는 바쁜 사람인데 얼굴도 보고 기분이 좋아졌어."

"그렇지? 보니까 기분이 좋지?"

"와영이 언니 자고 가라고 그러지."

"다영아, 넌 언니 어떻게 생각해?"

"언니는 언니지. 좋은 사람이고."

"에이구, 오늘은 이 방에서 자야겠구나."

"헐."

엄마는 누워 버렸다. 다영이는 잠이 오지 않았다. 그러다 얼마 후 피곤해서 잠이 들었다.

아침이 되었다. 그영이는 주방에 있었다. 다영이가 나가 보았다.

"다영아 다 되었구나. 칼국수나 먹자."

그영이는 밥상을 차렸다. 다영이는 말없이 칼국수를 국물까지 다 먹었다. 그영이는 칼국수를 천천히 먹으며 국물을 남겨 두었다.

"다영아, 오늘 저녁도 칼국수로 해줄까?"

"아니, 엄마. 칼국수 질리는 거 같애. 물 좀 줘."

그영이는 다영이에게 물을 주고 국물을 마셔 보기로 하였다. 칼국수가 시큼하게 느껴졌다.

그영이는 사랑이가 칼국수를 해줄 때 그릇을 깨끗이 비울 만큼 맛있게 먹었었다. 그때는 사랑이가 칼국수를 직접 만든다는 게 신기

했었다. 소고기 고명을 먹었을 땐 소고기 수육도 함께 먹었다. 그영이는 사랑이를 자기 남자로 보았던 것이다.

그영이는 산책을 나가기로 하였다. 공원길에 정자로 갔다. 그영이는 공원에 나무들을 바라보며 한동안 앉아 있었다. 저편에서 누군가가 걸어오고 있었다. 점점 다가왔다. 아마도 그영이를 의식하는 것 같았다. 그영이는 겁을 먹곤 누군지 물었다.

"누구세요?"

"그영 씨."

"……."

"이사랑입니다. 오랜만입니다. 이게 얼마 만입니까?"

"……."

"그영 씨 첫아이를 가졌을 때 제 아이였습니까.?"

"……."

"참 세월이 많이 흘렀네요."

"그래요. 세월이 많이 흘렀죠."

그영이는 답했다.

"저기 자판기 쪽 벤치로 갈까요?"

사랑이의 말에 그영이는 정자에서 일어났다. 사랑이와 그영이는 공원길을 걸었다. 자판기에서 레쓰비를 두 개 뽑았다.

"그영 씨 제가 미련한가 봅니다."

"아니 미련했다면 그날 절 초대하진 않았겠죠."

"저도 그영 씨를 많이 생각했습니다. 이해해 주시기를 바라요."

"네, 다 옛날 일이죠."

"그영 씨가 행복하기를 항상 바라왔습니다. 그리고 전 두 딸을 낳고 살았죠."

- 띠리리 -

"오빠, 뭐 해?"

"여기 어디 와 있어. 내가 전화할게."

사랑이는 전화를 끊고 다시 말을 이으려고 하였다.

"바쁘실 텐데."

그영이가 말했다.

"안 바쁩니다. 얘기할 시간 많습니다."

사랑이는 얘기를 더 하고 싶었다.

사랑이는 그영이와 헤어지고 집으로 들어왔다. 진리가 마중을 하였다. 사랑이는 진리에게 레쓰비를 건넸다. 진리는 레쓰비를 냉장고에 넣었다. 이상했다. 누군가를 만난 것 같았다.

그영이는 사랑이와 헤어지고 집으로 향했다. 다영이가 그영이를 보며 손에 든 것이 뭐냐고 물었다. 다영이는 그영이에게 레쓰비를 건네받곤 냉장고에 두었다. 그영이는 방에 누워 버렸다. 다영이는 그영이를 잠시 보고선 자신의 방으로 갔다.

그영이는 다음 날 정자로 산책을 갔다. 사랑이가 오는지 사랑이가 왔던 길로 눈길을 돌렸다. 하지만 사랑이는 오지 않았다.

저녁에 다영이가 그영이에게 노래방에 가자며 보챘다. 그영이는 다영이의 보채는 마음에 못 이겨 노래방에 갔다. 그영이는 노래방에서 첫곡을 불렀다. '꼬마인형' 최진희 씨의 노래였다. 그영이는 부르다 마이크를 놓았다. 다영이가 마이크를 잡고선 1시간 동안이나 노래를 불렀다. 그영이는 잠시 눈을 붙이며 잠을 잤다.

  다음 날 다영이는 냉장고에 든 레쓰비를 마셨다.

  와영이는 냉장고를 열었다. 레쓰비가 있어 캔을 따 마시고 방으로 들어갔다. 집 안이 조용하여 밖으로 나가 보았다. 사랑이가 냉장고를 보며 한참 뭔가를 찾다가 물을 따라 마셨다. 와영이가 인기척을 냈다.

  "아빠 커피 한 잔 탈까?"

  "아니 됐어."

  사랑이는 조용히 집을 나왔다. 가게에서 레쓰비 캔커피를 사다가 마셨다.

연결

연결

　모든 것이 연결되어 있었다. 하늘에서는 주파수로 모든 것을 해결하였다. 도로는 모든 것을 연결하였고 신호등이 있었다. 신호등은 사람들을 편리하게 만들었다. 규칙적인 삶, 지켜야 할 법규를 알아야 했다. 하늘에는 망이 있었다. 그것은 바로 길과 같았다. 사람은 길조심, 차조심을 해야 했다.
　고양이의 집을 지어 주었다. 그리고 더울 때나 추울 때를 위해서 약간의 냉·난방 시설을 해 주었다. 고양이는 길을 통해 차조심을 하였다. 고양이에게 편도 2차선은 그들의 살 집이었다. 그물망 같은 도로를 다닐 때 안전이 우선이며 사고능력에 따라 처리하는 능력을 갖추어야 했다. 그러므로 사람은 하늘의 길을 알며 상처 입은 자의 통로인 길의 망을 알아야 했다. 치료해줄 수 있는 의학이 필요하며 사랑이 필요한 것이었다.

사랑이는 소시지를 좋아하였다. 단백질이 많은 소시지를 가끔 먹어왔다. 고양이와 나눠 먹으려고 한입을 떼 주었다. 고양이는 소시지를 거들떠 보지도 않았다. 집에 있는 멸치를 갖다 주어도 먹지 않았다. 고양이들은 사료를 먹었다. 그리고 가끔 향신료가 섞인 채식 요리를 먹었다.

'이럴수가.'

사랑이는 놀라워서 말이 나오지 않았다. 어느 날 사랑이는 고양이가 무엇을 먹는가 싶어 수프에 밥을 말아 주었다. 아마도 고양이는 음식을 먹었던 것 같다. 사랑이는 남겨진 음식이 아까웠지만 오래된 고양이의 밥상을 치워주었다. 사랑이는 잘 몰랐다. 그들이 사료만 찾는다는 것을.

사랑이는 고양이에게 감자볶음과 오뎅볶음을 각각 밥에 섞어 차려 주었다. 고양이는 오뎅볶음 섞은 밥을 거의 먹지 않았다. 감자볶음 밥을 고양이가 먹을 줄은 사랑이는 몰랐다. 고양이는 물을 마셨다, 생수를. 왜냐하면 다른 물은 독한 기를 발생하기 때문이다. 고양이들은 사랑이의 집에는 잘 오지 않았다. 사랑이는 소시지를 먹으며 영양가를 생각하곤 웃었다. 통신망이나 컴퓨터로 따지자면 '나는 바보야.' 하고.

밤이 되어 사랑이는 집을 나와 보았다. 고양이가 자주 오는 곳에 집에서 가져온 발효우유를 놓아 주었다. 다음 날 확인해 보니 고양이는 오지 않은 것 같았다.

사랑이는 잘못된 마음을 갖기로 하였다. 냉장고에는 치즈, 만두, 돈까스 등이 있었지만 그것은 전부 다 사랑이가 먹어야 할 음식이었기 때문이었다.

진리가 오이냉국과 마요네즈에 무친 생채를 해 주었다.
"진리야, 만두가 먹고 싶어."
"알았어 오빠, 만두는 다음에 해 줄게?"
사랑이는 입이 자꾸 허전했으며 한약도 먹어야 했다. 사랑이는 드디어 맛있는 걸 눈치 보며 먹어야 하는 인간이 되었다. 진리는 사랑이에게 낫지 않는 병이 있으니 걱정해 주었다. 사랑이는 자신이 허약한 것 같아서 영양제를 몰래 사다 먹었다. 진리가 드디어 사랑이의 영양제를 보았다. 한 알을 먹어 보았다. 심심풀이 땅콩이었다. 사랑이는 자꾸 사라지는 영양제를 보며 양이 적다며 다음번부턴 영양제를 먹지 않았다. 사랑이는 잠이 많이 왔다. 그리고 잠자는 시간이 늘어났다. 진리는 사랑이가 잘 때 몰래 볼에다 뽀뽀를 해 주었다.
사랑이는 며칠이 안 돼 와영이와 암 진단을 받으러 갔다.
"음, 암이 더 이상은 전이되지 않는군요. 그리고 나은 듯합니다."
사랑이는 내가 건강해서 그렇다며 선생님께 말하였다. 와영이와 사랑이는 집으로 왔다.
"아빠, 이제 운동을 해야 해."
"응, 팔굽혀 펴기를 하면 될까? 열량이 많이 빠지거든."
"아빠, 그러지 말고 산책을 좀 갔다 와."
"응, 그러지."
사랑이는 커피를 마시러 가게에 들렀다. 그리고 동네 벤치에 앉았다. 사랑이는 스마트폰을 보았다.

"시간이 잘가는구나."

사랑이는 음악도 듣고 여러 앱을 둘러보며 재미있게 놀았다. 사랑이는 점심때 집으로 들어왔다. 밥을 먹곤 또 외출을 하였다.

이번엔 주민센터의 공짜 커피를 마시며 벤치에 앉았다. 스마트폰 앱으로 뉴스를 보았다. 그리고 전문서점에 들어가 진리의 책이 순위가 얼마큼 되는지 검색을 했다. 진리의 책이 드디어 판매가 되었다. 사랑이는 기분이 좋았다.

진리는 병원에 다니고 있었다. 요양보호사로 일을 하고 있었던 것이다. 진리는 매달 월급을 받아왔다. 진리가 가계를 운영하고 있었다. 사랑이는 진주와 와영이에게 용돈을 받곤 했다. 사랑이는 아주 많이 가진, 가난한 사람이었다. 사랑이는 부족함이 없었다.

저녁에 진리가 들어왔다. 사랑이는 진리에게 다가갔다.

"진리야, 책이 잘 팔리는가 봐. 베스트 순위에 올랐어."

"오빠 내 책이 팔린다니까? 기분이 좋네. 그것도 베스트순위에."

진리는 사랑이에게 심정을 드러냈다. 사랑이에게 무엇인가 위로가 되는 그 무엇을 주고 싶었다. 그것은 마음이었다. 진리는 하루에 4시간씩 간병일을 했다. 집안일에도 신경을 썼다.

사랑이는 진리에게도 용돈을 받았다. 사랑이는 주위 공원에 있거나 기차를 타고 동대구역에 자주 갔다. 사랑이는 음료수를 빼 마셨다. 동대구역 벤치에 앉아 스마트폰을 열심히 보았다. 가끔씩은 오뎅이나 강정을 사 먹었다. 주머니를 뒤적거리며 식사는 집에서 하기로 하였다. 지나가는 사람이 많았다. 모두들 바빠 보였다. 사랑이는 기차를 타고 김천에 도착하여 집까지 걸어오는 날이 많았다.

와영이가 닭볶음탕을 해 놓고 식구들을 기다렸다. 진리는 마트에서 장을 봐 왔다. 집에서 고등어를 잘 굽지 않는데 고등어를 두 마리 사 왔다. 돼지고기, 소고기도 샀다. 진리가 사 온 고기를 냉장실에 넣곤 와영이가 냉장고에서 깍두기를 꺼냈다.

"엄마 먹고 해."

와영이는 밥상을 방으로 가져갔다. 사랑이도 일어나며 와영이가 차린 닭볶음탕을 먹어 보았다. 와영이는 밥을 세 그릇에 담아왔다.

"아빠, 요즘은 힘이 나세요?"

"그래, 요즘은 힘이 나는 것 같다."

와영이는 다 먹은 밥상을 들고 나갔다. 그리고 주스 세 잔을 들고 왔다.

"아빠, 내일은 저하고 동대구역 같이 가볼까요?"

"그래. 같이 가 보자꾸나."

사랑이는 주스를 다 마셨다. 진리는 텔레비전 광고 방송을 보았다. 진리는 주스를 마시지 않았다. 와영이가 주스잔과 쟁반을 내어 갔다. 그러곤 옆방에서 라디오를 틀었다. 작은 거울에 주름이 얼마나 졌는지 보았다. 젊은 세대라. 와영이는 웃었다.

아침이 되었다. 와영이는 화장을 하였다. 이뻐 보였다. 사랑이가 세수를 하고 양말을 신었다. 외출복으로 갈아 입었다. 와영이는 사랑이를 기다렸다.

"아빠, 같이 가."

와영이는 손가방을 메고선 나갈 채비를 하였다. 와영이가 현관문을 닫았다.

"아빠, 택시 타자."

와영이는 콜택시를 불렀다. KTX역으로 갔다. 와영이는 기차 안에서 창밖을 보았다.

"와~ 빠르기도 해라."

사랑이는 의자에 기대어 창밖을 보았다. 대구가 점점 가까워졌다. 와영이는 사랑이에게 물었다.

"아빠는 대구에서 자랐어요?"

"그래. 대구는 훗날에 큰 도시로 변했어."

"그래요, 아빠. 아빠는 대구를 잊지 못하죠?"

와영이가 서대구 지하 철길을 지날 때쯤 사랑이에게 물었다.

"아빠는 엄마하고 화성에서 살았다죠?"

"……."

"기억이 나요? 아빠."

와영이는 창가를 쓸었다. 아빠가 통로 측을 바라보았다. 기차는 대구역을 지나고 신천을 지났다. 사랑이는 일어나지 않았다. 기차가 정지할 때쯤 와영이는 사랑이를 툭치며 일어나시기를 권했다. 사랑이는 천천히 기차에서 내려 출구 쪽으로 와영이와 걸었다. 와영이는 자판기를 보며 지폐를 넣었다. 캔음료 두 개를 뽑았다.

"아빠가 자주 오는 곳이야?"

"그래."

와영이는 캔음료를 들고 있었다. 사랑이는 캔음료를 천천히 따서 마셨다. 와영이가 택시 승강장으로 갔다. 사랑이는 와영이와 택시를 탔다.

"범어로터리로 가 주세요."

와영이가 기사님 아저씨에게 말하였다. 사랑이는 묵묵히 침묵을 지켰다. 어느덧 택시는 범어로터리에서 섰다. 사랑이와 와영이는 택시에서 내렸다.

"지하로 내려갈까? 아빠."

와영이와 사랑이는 에스컬레이터를 타고 내려갔다. 상가는 넓어 보였다. 와영이는 사랑이에게 배가 고픈지 물었다.

"아빠, 여기 횟집에 들르는 게 어때?"

"그래, 와영이가 회를 사 주는구나."

와영이는 횟집에서 사랑이와 한참 얘기를 나누었다.

"아빠, 이제는 딸들 걱정 많이 안 해도 돼. 딸들이 다 컸잖아."

"그게 어찌 그렇게 되니? 딸은 딸이지. 그리고 평생을 걱정해야 되는 일이 많단다."

"응, 아빠는 딸들에게 잘했어요. 그러니 이제 편한 마음 가지세요."

"와영아, 세상은 그렇게 순탄치만은 않아. 아빠는 그래도 정직하게 살아왔단다."

"아빠, 아빠는 세상에서 가장 귀한 사랑을 주셨어요. 언니와 나에게."

"그래 세상은 착하게 살아야 된단다. 아니면 어긋나는 수가 있거든."

"네, 아빠."

"오냐."

사랑이는 회를 한 점 한 점 상추와 야채에 싸서 먹었다.

"텔레비전에서 온통 먹는 얘기뿐이지."

"많이 먹거라. 그래 이번 논문은 연구가 잘되어가니."

"아빠, 물어볼 게 있어요. 에너지에 대해서 말인데요. 에너지는 흐르는 건가요."

"애야, 에너지는 거꾸로 가면 안 된단다. 사람이 앞만 보며 살아오듯이 그렇게 정해져 있는 거란다. 하늘에 별이 반짝이듯이."

"네."

"그리고 말이다. 모든 일에 순서가 있듯이 서열이란 게 있단다. 다만 서열을 임의적으로 정하는 건 매우 위험한 일이란다. 서열은 뭔가를 정할 때는 있지만 사람은 서열순이 아니란다. 무슨 말인지 알겠니? 와영이와 아빠가 서열에서 뭐가 중요하겠니? 다만 사람을 존중해 준다는 것, 그런 게 중요하지 않겠니? 와영이와 아빠가 이상의 세계를 가질 때 아껴주는 것이 무엇보다 중요하지 않을까?"

"네. 아빠는 존중하지 않는 사회를 탓하겠군요."

"약간은 그렇단다. 보이는 것이 먹는 것이고 위험한 일이니. 그래서 에너지는…."

"네, 잘 알겠습니다."

와영이는 자리에서 일어났다.

"아빠, 나 화장실에."

"그래."

와영이는 화장실에 갔다. 그리고 화장을 지웠다. 화장실을 나와 카운터에 가서 계산을 하였다. 와영이는 자리에 앉았다. 한참 후에 와영이가 사랑이에게 말하였다.

"아빠, 무슨 일을 한다면 조건이 있어야 되나요? 아니면 무조건일 수도 있나요."

"그야 때에 따라서 다르지 않겠니? 무조건은 조건을 바라지 않는 거라서 어려워 보이는구나. 무조건은 남을 위해 헌신할 때 쓰는 말이란다. 허허. 하하하. 와영아 장하구나."

"그런데 아빠, 치사 빵꾸네요. 엄마가 지구로 올 때 아빠는 집에 들어오시지 않았잖아요."

"그래, 화성은 지구와 다른 별이지. 그리고 와영이가 살던 곳."

와영이와 사랑이는 음료수를 마시며 이야기를 나누었다. 사랑이는 어릴 적 와영이와 있었던 기억들을 추억이라며 털어놓았다. 와영이는 웃으면서 다 지나간 얘기를 지금에 와서 한다고 투덜대었다.

"와영아, 이제 집에 가자꾸나."

사랑이가 주변을 정리했다. 와영이는 먼저 일어났다. 그리고 사랑이와 횟집을 나왔다.

다음 날 와영이는 사랑이의 아침으로 라면을 끓여 드렸다. 파가 송송이 들어가 있었다.

"와영아, 계란이 없구나."

"네, 제가 먹었어요."

와영이는 시무룩한 척을 하였다. 사랑이는 라면을 맛있게 먹었다. 그리고 와영이에게 물 좀 달라고 하였다. 와영이는 냉장고에서 물을 꺼내어 사랑이에게 물을 건넸다.

"와영아, 이게 아침이니?"

"네, 폭식은 안 되는 거라서 라면을 끓여 봤어요."

사랑이는 일어나지 않으려고 했다. 와영이가 밥상에 밥을 놓곤 깍두기를 냉장고에서 꺼냈다. 떠그덕떠그덕 소리를 내며 맛있게 먹었다.

연결

와영이의 연주

진리와 와영이가 거실에서 다투고 있었다.
"너 학회에 바쁘다며 웬 성질이야."
"엄마는 모르잖아. 내가 왜 성질을 내는지."
"그야 뻔하지. 되는 일이 없으니까 내게 성질을 내는 거잖아."
"아니야. 아까까지만 해도 연구주제가 생각이 났는데. 엄마가 말시키는 바람에 생각이 날아가버려서 그래."
"괜히 성질이야."
"알았어, 엄마. 내가 잘못했어. 으이잉."
"별일이네 정말."
"엄마 다 그런 거야. 성질도 내면서."
"정말."
"알았어, 엄마. 내가 안마해 줄게."

"됐네요. 시원하지도 않거든."
"엄~마."
와영이는 진리의 어깨를 주물렀다.

사랑이는 동대구역에서 파티마병원 쪽으로 가 보았다. 우주상담소가 있는지 가 본 것이었다. 사랑이는 상담이 필요한 듯하였다.
"저 선생님. 고민이 있는데 상담 좀 해 주세요."
"물론입니다. 상담을 시작하겠습니다. 종료시까지 상담에 최선을 다해 주시기 바랍니다."
사랑이는 고민을 얘기하며 화를 풀었다. 상담사 선생님은 화가 난 사랑이를 이해하려 했다.
"선생님, 화가 날 이유도 있지 않습니까?"
"당연하죠. 뭐가 잘못되었으니까 화가 나죠."
"선생님, 기분이 풀렸습니다. 속이 후련하네요."
"네, 최대한 만족감을 가지세요. 상담은 이제 시작입니다. 고민이 있으면 정기적으로 상담을 받기로 하는 게 원칙입니다. 다음 상담을 잡는 게 어떠신지요."
"네, 계속 받기로 하겠습니다. 아직은 할 말은 많습니다."
"네, 그럼 약을 좀 처방해 드리겠습니다. 일단은 비타민제가 들어간 약을 좀 썼습니다."
"네."
"그리고 대합실 의자에 좀 앉아있다 가셨으면 합니다. 그럼 천천히 가십시오. 다음 주에 오시면 됩니다."

"네, 선생님. 고맙습니다."

사랑이는 우주상담소를 나왔다. 그리고 처방해 준 약을 받아왔다. 동대구역에서 기차를 탔다. 그리고 사랑이는 집으로 왔다. 진리가 바느질을 하고 있었다. 요즘 들어 구멍이 자주 나는 양말을 보았던 것이다. 진리는 조용히 바느질을 하였다. 와영이가 기타를 들고 선 노래를 시작했다.

- 돈 포켓 투 리멤버 미 앤드 러댓 유스 투 비.
- 아이 스틸 리멤버 유 알러뷰.
- 인마 핫 라이저 메모리.
- 투 텔더 스타어즈 어브.
- 돈 포켓 투 리멤버 미 마이 러브.

"그 아비에 그 딸이구나."

- 사방이 가로막혀 절망하나요.
- 눈을 들어 하늘을 바라보세요.
- 당신을 창조하신 하나님께서
- 해결해 주실 거예요.

- 지금 당신이 먼저 해야 할 일은
- 하나님이 하신 일을 인정하면서
- 모든 것을 협력하여 선을 이룰 줄

- 믿고 순종하는 일이죠.

- 아무것도 염려하지 말고 오직 모든 일에 기도와 간구로
- 너희 구할 것을 감사함으로 하나님께 아뢰라.
- 당신이 이 말씀을 믿는다면 내 모든 것 하나님께 맡기세요.
- 눈을 들어 하늘을 바라보세요. 그리고 감사하세요.

와영이는 기타를 쳐 보았다. 진리가 눈이 둥그레졌다.
"와영아, 웬일이니. 또 쳐 봐."
"됐어, 이만하면 됐지."
"아~ 나 양말 안 꿰맬래. 와영아 네가 꿰매라."
진리는 와영이에서 바느질을 맡겼다. 그리곤 텔레비전을 보았다.
"네가 좋아하는 깍두기나 살까?"
"엄마, 나 오이지."
"오이지."
진리는 스마트폰을 보기 시작했다.
"너 오이지 오면 다 먹거라. 그리고 나에게 아뢰라. 다 먹었다고. 기타 실력이 만만치가 않구나. 우리 와영이는 못 하는 게 없어. 경사 났네."
"엄마, 바느질은 늘 하는 거라 이까짓 건 문제 없어."
"그래, 늘 하는 거라 문제는 되지 않지. 문제는 어떻게 꿰매느냐야. 문제가 되지 않도록, 그럼 텔레비전이나 봐야겠다."
와영이는 양말을 천천히 꿰맸다.

"엄마, 엄마는 아빠를 왜 만났어?"

진리는 듣다가 말하였다.

"왜? 아빠는 와영이한테 잘해주지 않던?"

"아빠야 늘 잘해주죠. 엄마는?"

"똑같애, 잘해주니 만났지."

"어떻게 잘해줬는데?"

"귀엽고 쫀쫀하고 그게 다가 아니란다. 기타로 '돈 포켓 투 리멤버 미'를 쳐주더니만 너와 같이 더 이상은 기타를 쳐주지 않더라. 그리고 그때 이별 연습을 했지. '오빠, 이제 기지국에 오지 마세요.' 그리고 지구로 돌려보냈지. 네가 좋아하는 된장국을 끓여 주고 말이다. 그리고 나도 그때쯤 지구로 돌아왔지. 그때 너의 언니를 가졌을 때였으니까. 진주는 하나님이 주신 딸이기도 해. 너의 언니이기도 하고. 그냥 너의 언니가 미워서 내가 미움을 언니에게 주는 게 아니란다. 언니는 내가 좀 미련을 갖지 않기로 했어. 내겐 오빠가 있고 가정을 가져야 했으니까?"

"엄마, 엄마에게 가정이 뭐예요?"

"가정? 가정은 가족이 있는 곳이란다. 너와 내가 있듯이 참 소중한 것이란다. 그래서 우연이 아닌 인연이지. 함께 살아가야 할 소중한 사람들의…. 양말은 다 꿰매가니?"

"거의 다 했어."

"그래, 넌 바쁘지 않니?"

"왜 안 바쁘겠어. 엄마만큼 늘 바쁘죠."

"그래 오늘은 와영이와 더 있고 싶구나."

"엄마 등이나 긁어줄까?"

"그래."

와영이는 진리의 등을 긁었다.

"됐다. 그만해. 좀이 쑤시는구나."

와영이는 진리 곁에 누워 보았다.

"와영아, 사람은 착해야 해. 안 그럼 어긋나는 수가 있거든."

"그래요."

와영이는 잠이 들었다. 진리는 누워 팔베개를 하고 와영이의 머릿결을 만져 주었다. 와영이는 일어날 생각을 하지 않았다. 엄마는 한동안 생각에 잠겼다.

사랑이가 현관문을 열고 들어왔다. 그러곤 옷을 갈아입었다. 와영이와 진리가 나란히 잠든 것을 사랑이는 보았다. 욕실로 향했다. 발을 씻었다. 양치를 하고 세수를 하였다. 와영이가 일어났다. 사랑이가 온 걸 보며 말했다.

"아빠 언제 왔어?"

사랑이는 금방 왔다며 냉장고 문을 열었다. 물을 마셨다. 와영이가 주방에서 밥을 차리고 있었다.

"아빠, 시장하시죠?"

사랑이는 밥상에 앉았다. 와영이는 숟가락과 젓가락을 내서 밥상 위에다 얹어 놓았다.

"와영아, 연구과제는 잘되어가니?"

"아빠, 연구주제를 바꿔야겠어요. 자료 찾기도 힘들고 타당성에서 벗어나는 것 같아. 논문 주제를 다시 정해야 할 것 같애."
"그래, 와영아. 내일이란 게 있지 않니."
사랑이는 밥을 먹었다.
"언니 소식은 없니?"
"언니는 서울에서 바쁘잖아. 아빠가 전화도 좀 해줘 봐."
사랑이는 천천히 밥을 다 먹었다. 라디오가 있는 방으로 갔다. 진주에게 전화를 해 보았다.
"진주야, 나다 아빠."
"네, 아빠. 어쩐 일이세요?"
"나는 괜찮단다. 그리고 내가 오늘부터 우주상담소에서 상담을 받기로 했어. 옛 과거가 생각이 나고 화성에서 살았던 기억이 나서야. 네가 보고 싶어서 전화했다. 밥 먹었니?"
"아직 원장실에 있어요."
"그래 쉬엄쉬엄 했으면 좋겠구나. 또 전화할게. 전화도 자주 해야지."
전화를 끊었다. 진리에게로 갔다.
"진리야, 내가 진주에게 너무 소홀했던 것 같애."
"애가 아빠에게 너무 무심했지. 오빠가 무심했던 건 아니니 아무 걱정 말아요. 진주는 자기의 길을 가고 있는 것이니까."
"음, 내가 왜 그랬을까? 나의 자식에게."
"오빠, 지난날은 잊어버려. 지금에 와서 진주도 아빠의 사랑을 크게 바라진 않을 거야. 그리고 자신도 이제 알 테니 자신이 아빠에 대해서 이해하겠지."

진리는 진주가 아빠 사랑을 많이 받지 못했다는 게 사랑이의 탓이 아니라고 말해 주었다. 사랑이는 조용히 집을 나왔다. 그리고 음식집에 들렀다. 그리고 맥주를 시켰다. 사랑이는 맥주를 잔에 따라 마셨다.

'오빠는 다 좋은데 여자에 대해서 잘 모르는 게 있구나.'

사랑이는 진리의 말을 생각하였다. 진리를 그토록 사랑한다면서 아직도 여자에 대해서 아는 것 같지가 않았다. 사랑이는 잔을 비웠다. 그리고 한 병을 더 시켰다. 그리곤 잔에 맥주를 따랐다.

'더 이상 묻지 말아 주세요.'

그영이의 말이 떠올랐다. 여자가 혼자서 아기를 낳을 수 있는지 생각해 보았다. 사랑이는 와영이를 떠올렸다. 와영이를 키우면서 한 번도 와영이를 미워하지 않았다. 와영이가 자신의 말을 잘 따라 주었으므로 그건 당연한 것만 같았다. 사랑이는 맥주 잔을 비우고 음식점을 나왔다. 찬바람이 불었다. 비가 온 탓인지 선선했다. 진리에게 전화를 걸었다.

"진리야, 밖으로 잠시 나올래? 집 앞이야."

진리는 전화를 받곤 옷가지를 챙겨 현관문을 나섰다.

"오빠, 술 마셨어?"

"진리야, 나하고 맥주 한잔할까?"

사랑이는 진리를 데리고 편의점으로 가서 맥주 두 캔을 샀다.

"진리야, 맥주 맛이 어때?"

"오빠가 주는 거라서 마시고 있을 뿐이야."

"그래, 맥주도 한잔해야지."

진리는 한 모금을 마시곤 캔을 탁자 위에 두었다. 사랑이의 맥주 캔이 비어갔다. 진리는 보고만 있었다. 사랑이는 더 이상 마시지 않았다. 사랑이는 이렇게 괴로울 줄 몰랐다. 사랑이는 자리에서 일어났다. 진리가 부축해 주었다. 집으로 발걸음을 옮겼다. 사랑이는 큰방에서 잠이 들었다. 진리는 와영이와 같은 방에서 자야했다. 새벽에 사랑이는 잠에서 깨었다. 그리고 편의점에 들렀다.

"담배 한 갑 주세요."

라이터도 함께 계산하고 편의점 골목길에 앉아서 담배를 피웠다. 집으로 들어가 서랍장에 담배를 두었다. 사랑이는 불 꺼진 방에서 텔레비전을 틀었다. 눈을 감곤 잠에 들었다.

아침이 되었다. 진리와 와영이가 주방에서 밥을 차려 먹었다. 진리가 큰방으로 가 보았다. 텔레비전이 켜져 있어서 텔레비전을 껐다. 사랑이는 더 잘 모양이었다. 진리가 사랑이를 바로 눕히며 방을 나왔다.

진리는 라디오가 있는 방에서 조용히 있었다. 진리는 간병 일자리를 나갔다. 와영이는 책을 보다 잠이 들었다. 사랑이가 일어났다. 와영이 방으로 가서 와영이가 뭘 하는지 보았다. 와영이는 책을 펴두고 잠이 들어 있었다. 사랑이는 주방에서 혼자서 밥을 챙겨 먹었다. 방으로 가서 누워 버렸다.

저녁이었다. 와영이는 컴퓨터 자판을 두드리고 있었다. 진리가 가까이 와서 물었다.

"와영아 뭐 해?"
"어, 엄마 소설을 쓰려고."
"소설?"
"어 기지국에 대한 얘기와 화성에 대한 소설을 쓰려구."
"보자, 화성이란 별과 기지국에선. 대작이 나오겠구나. 대박."
진리는 수고하라며 와영이 어깨를 톡톡 쳐 주었다. 진리는 큰방으로 갔다.
"오빠, 와영이가 소설을 쓴대."
"소설. 와영이가 소설을 쓰는구나."
사랑이는 텔레비전 채널을 돌려 뉴스를 보았다. 담배가 든 서랍을 열었다. 진리가 그것을 보았다.
"오빠, 담배 피우려고? 살짝만 해."
사랑이는 담배를 들고 집을 나왔다. 담배를 피우곤 집으로 들어갔다. 흐르는 물에 입을 헹구고 비누칠을 하여 손을 씻었다. 사랑이는 라디오가 있는 방으로 갔다. 안식이에게 전화를 걸었다.
"누나, 나 이사랑."
"사랑이가 웬일로?"
"누나, 오랜만이야."
"그래."
"잘 있지? 누나."
"잘 있지."
"그래, 누나 뭐 하고 있었어?"
"비리 밥 주고 텔레비전을 보고 있어."

"비리는 누나가 좋는가 봐."
"비리 마당에 있어. 잘 지내지?"
"어 누나. 사람이 살아가는 덴 친구가 필요하기도 하지."
"그래."
"어 그럼 누나, 나중에 누나 집에 들를게."
"그래."
"알았어, 누나."
사랑이는 통화를 마쳤다.

안식이는 아침이 되어 세종시에 사는 점선에게서 편지를 받았다. 편지를 읽고 서랍에 넣어두었다.

사랑이는 주민센터의 벤치의자에 앉았다. 그리곤 스마트폰을 보았다. 와영이가 작은방에서 컴퓨터를 두드리며 소설을 부지런히 쓰고 있었다. 사랑이는 찬바람을 맞았다. 캔커피 한 잔을 마시러 가게에 들렀다.

사랑이는 우연에 지나지 않는 인연이 필연이 되어가는 과정에서 사랑을 수도 없이 배웠다. 사랑이는 진리를 만나면서 많은 이야깃거리를 겪었다. 사랑이는 점점 평범해졌다. 그것이 인생이었다. 인생이란 건 기나긴 모험이 아니라는 걸 알아야 했다. 사랑이는 세월이 참 빠르다고 생각했다. 벌써 248살이니 빠르기도 빠른 것 같았다. 세월은 말해 주었다. 주름이나 경험들을….

사랑이는 와영이의 소설이 궁금해졌다.

와영이는 200년 전의 소설을 쓰고 있는 것이다. 와영이는 대범했고 소설의 의미를 알게끔 했다. 와영이는 그런 사랑을 쓰고 있었다. 사랑엔 뿌리가 있고 가족이 있는 것이다. 현실로부터 영원히.

그렇게 기의 세계에선 감사함이었다.